UM VELHO VELHACO E SEU NETO BUNDÃO

LOURENÇO CAZARRÉ

UM VELHO VELHACO E SEU NETO BUNDÃO

Ilustrações:
VITO QUINTANS

Yellowfante

Copyright © Lourenço Cazarré (texto)
Copyright © 2024 Vito Quintans (ilustração)
Copyright desta edição © 2024 Editora Yellowfante

Todos os direitos reservados pela Editora Yellowfante. Nenhuma parte desta publicação poderá ser reproduzida, seja por meios mecânicos, eletrônicos, seja via cópia xerográfica, sem a autorização prévia da Editora.

EDIÇÃO GERAL
Sonia Junqueira

PROJETO GRÁFICO
Diogo Droschi

ASSISTENTE EDITORIAL
Julia Sousa

DIAGRAMAÇÃO
Arthur Carrião
Diogo Droschi

REVISÃO
Julia Sousa

Dados Internacionais de Catalogação na Publicação (CIP)
(Câmara Brasileira do Livro, SP, Brasil)

Cazarré, Lourenço
 Um velho velhaco e seu neto bundão / Lourenço Cazarré ; ilustração Vito Quintans. -- 1. ed. -- Belo Horizonte, MG : Yellowfante, 2024.

 ISBN 978-65-6065-020-6

 1. Ficção - Literatura infantojuvenil I. Quintans, Vito. II. Título.

24-189587   CDD-028.5

Índices para catálogo sistemático:
1. Ficção: Literatura infantojuvenil 028.5
2. Ficção: Literatura juvenil 028.5
Aline Graziele Benitez - Bibliotecária - CRB-1/3129

A **YELLOWFANTE** É UMA EDITORA DO **GRUPO AUTÊNTICA**

Belo Horizonte
Rua Carlos Turner, 420
Silveira . 31140-520
Belo Horizonte . MG
Tel.: (55 31) 3465 4500

São Paulo
Av. Paulista, 2.073 . Conjunto Nacional
Horsa I . Sala 309 . Bela Vista
01311-940 . São Paulo . SP
Tel.: (55 11) 3034 4468

www.editorayellowfante.com.br
SAC: atendimentoleitor@grupoautentica.com.br

Com arte e com engano,
vive-se a metade do ano;
com engano e com arte,
vive-se a outra parte.
(Anônimo)

PRIMEIRA PARTE

RECEBENDO GOLPES

O QUE LEVA UM SER HUMANO
A COMBINAR PALAVRAS ESQUISITAS?

Meu nome é Cândido Luís Fagundes Canguçu e eu vou contar aqui como conheci, quando estava com onze anos, meu avô Severo Augusto Cardoso Canguçu. Foi no verão em que tive as mais movimentadas férias da minha vida.

Bem, como a história é cheia de peripécias, comecemos pelo princípio.

Eu morava com meus pais em Bagé, cidade próxima da fronteira com o Uruguai. Meu avô paterno, viúvo, residia em Pelotas, a duzentos quilômetros de distância.

Antes daquelas férias, eu só sabia da existência de meu avô por frases venenosas de minha mãe, que não perdia ocasião de malhar o velho.

– Por falar em patifaria, eu te pergunto: como andará o velhaco do teu pai?

Meu pai jamais retrucava. Ele simplesmente enfiava a cara dentro do prato e continuava a comer. Era um sujeito quieto e tristonho. Em casa, evitava conversar, porque era obrigado a papagaiar durante oito horas nos microfones da Rádio Difusora de Bagé, a Voz da fronteira. Ele era o mais famoso radialista da cidade e apresentava – atenção! – quatro programas por dia.

Tudo começava com o *Alvorecer no pampa*, que ia das seis às oito da manhã, "levando a todos o melhor da música gaúcha".

Às dez horas, ele voltava ao estúdio para animar o *Grande baile funerária Bom Repouso*, que entre tangos e boleros se arrastava até meio-dia.

Falarei mais do meu programa favorito, *Poesia e encantamento ao cair da tarde*, que rolava das seis às oito da noite. Nesse programa, entre uma música romântica e outra, meu pai declamava poemas de amor. *Poesia e encantamento* foi um sucesso desde o início. Depois de algum tempo, quando acabou o estoque de seus livros de poesia, meu pai pediu ajuda aos ouvintes. As pessoas passaram a enviar poemas criados por elas próprias ou copiados de revistas, jornais e livros.

No dia em que completei dez anos, depositei pela primeira vez um poema na urna deixada no saguão da Difusora para recolher a colaboração do respeitável público. Não recordo mais o título de minha obra, mas lembro o pseudônimo com o qual eu a assinei: O Jovem Melancólico.

Dali em diante, passei a descarregar versinhos por lá quase todos os dias. Ao sair da escola, às cinco da tarde, eu enfiava minhas ingênuas composições rimadas na urna e corria para casa, a fim de ouvi-las na poderosa voz de meu próprio pai.

A mãe estranhava aquele meu interesse pelo *Poesia e encantamento*.

– Deixa de escutar essas baboseiras, menino! Vai jogar futebol enquanto não escurece. Vai embarrar as canelas! Vai quebrar vidraças! O que há de interessante nessa choradeira de comadres?

Eu não podia confessar a ela que era autor de alguns daqueles poemas porque mamãe odiava poetas.

– Meu Deus, o que leva um ser humano a combinar palavras esquisitas? – perguntava ela. – Simplesmente alinhadas, uma atrás da outra, as palavras já causam muitos problemas! Imagina só quando elas vêm acavaladas, umas por cima das outras, e uma tem que rimar com outra que vem depois dela.

Como meu pai amava as palavras sonoras e como minha mãe

desprezava as pessoas que empilhavam palavras, eu não precisei ser nenhum gênio para perceber que o relacionamento deles não era dos melhores.

VELHO NÃO SE SENTA SEM UI, NEM SE LEVANTA SEM AI...

A verdade é que eu adorava fazer versos e amava loucamente certas palavras incomuns que surgiam frequentemente nos meus poemas: nenúfares, taumaturgo, alhures, evanescentes e arrebóis.

Como já disse, ao falar de vô Severo, minha mãe se mostrava sempre rancorosa. A briga entre eles era antiga.

Tempos depois, meu avô me deu uma explicação para essa malquerença.

— Tua mãe e eu nos detestamos à primeira vista. Quando fomos apresentados pelo teu pai, eu estava lendo. Ao perceber que se tratava de um livro de poemas, tua futura mamãe abriu fogo: "Onde o sujeito arranjou tanta rima para fazer um livro grosso como esse?". Respondi educadamente: "Senhorita, o rimador a que se refere chamava-se Luís de Camões e é o maior poeta da língua portuguesa". Ela soltou um risinho debochado e retrucou: "Se ele evitasse as rimas, as pessoas compreenderiam o livro mais facilmente. Se utilizasse toda a linha da página, ele economizaria papel". Foi a minha vez de sorrir ironicamente: "Se ele usasse a linha toda e eliminasse as rimas, senhorita, nós não estaríamos aqui discutindo, porque este livro simplesmente não existiria".

Em casa, lá em Bagé, sempre que podia, a mãe atacava meu pai.

— E por falar em safadeza, o que andará aprontando o pelintra do teu velho?

Papai continuava a mastigar. Não dizia palavra, fingia indiferença, mas suas orelhas avermelhavam. Acho que sentia ganas de retrucar, mas acabava ficando calado porque precisava poupar sua preciosa garganta.

Terminado o almoço, o pai se dirigia ao sofá da sala, onde tirava uma rápida soneca antes de voltar à Difusora para apresentar, das duas às quatro da tarde, *Melodias inesquecíveis do baratilho Rainha da Fronteira*.

Enquanto ele tentava embarcar na sesta, a mãe ia para a cozinha, onde estrondosamente lavava panelas e pratos. E protestava em voz alta contra a preguiça e a insensibilidade de todos os homens do mundo, especialmente dos poetas, que eram os piores.

Certo dia, no comecinho do ano, o carteiro deixou lá em casa um cartão-postal enviado por vô Severo.

A mãe, claro, não perdeu a oportunidade.

– Rio de Janeiro! Será que o velho meliante resolveu virar andarilho? Por que não descansa o rabo em casa? Devia sossegar o pito, porque velho não se senta sem ui, nem se levanta sem ai...

Papai não retrucou. Permaneceu imóvel, deitado no sofá da sala, com o cartão-postal equilibrado em cima do nariz.

Meu pobre pai vivia estafado. Trabalhava tanto que não tinha energia para responder às provocações da mãe. Mas não há mal que dure para sempre nem bem que nunca se acabe.

A PAIXÃO PELAS PALAVRAS SONORAS

Lá em casa vigorava aquele ditado: "Quando um não quer, dois não brigam". Quero dizer, vigorou até o dia em que a mãe levantou dúvidas sobre a honestidade de vô Severo.

– Eu daria um dedo da mão para saber onde o teu velho arranjou dinheiro para viajar ao Rio de Janeiro. Como ele não tem onde cair morto, eu me pergunto: será que conseguiu honestamente o dinheiro?

Foi a gota d'água.

Sem dizer uma só palavra, o pai se levantou e, como se fosse servir-se, apanhou a sopeira pelas alças. Depois, com um gesto lento e certeiro, virou-a sobre a cabeça da mãe. Felizmente a sopa já não estava muito quente. Após recolocar a sopeira sobre a mesa, papai apanhou a farinheira e...

Ainda em silêncio, porque era o cara que mais cuidava da própria garganta neste mundo, ele saiu porta afora e jamais voltou a pisar naquela casa.

Espantado, eu não sabia se ria ou se chorava, porque aquela mistura gotejante de sopa com farinha que pingava dos cabelos da minha mãe era bastante esquisita. Acabei me decidindo pelo meio-termo. Ri e chorei ao mesmo tempo.

Ali, naquele exato momento, eu deixava o grupo dos meninos que viviam com seus pais em uma mesma casa e passava a integrar a turma dos que tinham pais morando em lugares diferentes.

Papai foi viver em um pequeno quarto nos fundos do prédio da rádio, onde eram guardados discos tortos e quebrados, microfones avariados e cenários de antigos programas de auditório. Debaixo de uma cama de armar, ele guardava a mala com suas roupas e as cartas que recebia dos ouvintes.

Quando eu ia visitá-lo, ele sempre estava deitado no quartinho, descansando entre um programa e outro. Se estava dormindo, eu aproveitava para ler as cartas que ele recebia das fãs. Muitas elogiavam a voz "de veludo" que ele tinha. Outras gabavam a sensibilidade dele para escolher os mais belos poemas de amor. Algumas se referiam ao porte físico dele: garboso, distinto, sensual.

Se por acaso acordava enquanto eu estava por ali, papai me dava um beijo rápido e emendava duas perguntas, sempre as mesmas.

– Tens te alimentado bem? Tens estudado bastante?

Todo dia, à tardinha, orelhas coladas ao rádio, eu escutava a leitura dos poemas. Alguns deles criados por mim. Nesses momentos, eu me sentia o menino mais privilegiado do mundo, porque, além de ter meus versos recitados em uma emissora de rádio, o vozeirão que os lia pertencia ao meu próprio pai.

Após o banho de sopa e farinha, a mãe andou macambúzia por uns tempos. Ficou tão apagada que nem me xingava quando eu deixava a toalha úmida caída no chão do quarto. Mas, de vez em quando, suspirava fundo e deixava escapar esta frase:

– Mulher decente não deve se casar com poeta.

Aquelas palavras me feriam profundamente, porque eu herdara do pai a paixão pelas palavras sonoras, pelas rimas raras. Afinal, eu era O Jovem Melancólico, autor de muitas obras lidas no *Poesia e encantamento*.

A frase da mãe me machucava, porque eu queria casar e constituir uma família. Filho único, eu desejava ter muitos filhos. Filho de pais separados, eu queria construir uma família unida.

UM GAROTO DE SÓLIDA FORMAÇÃO MORAL

Aproximava-se o final do ano.

Certa noite, dias após a cerimônia de conclusão do meu curso primário,* a mãe me chamou à cozinha, onde lavava a louça do jantar.

— Filho, aos onze anos, tu já és um rapazinho. É tempo de te preocupares com o futuro. Por acaso tens pensado sobre a profissão que vais exercer?

— Sim, mãe. Eu quero ser engenheiro eletrônico.

A minha resposta direta e seca quase nocauteou a pobre mulher. A panela de pressão escorregou-lhe das mãos e foi quebrar nossos dois pratos no fundo da pia.

— Engenheiro eletrônico? — gemeu.

— Sim, mãe. Sou louco por Engenharia Eletrônica.

Ela demorou a se recuperar do susto. Observava-me espantada e orgulhosa ao mesmo tempo.

— Vens pensando nisso há muito tempo, Candinho?

— Bastante — menti mais uma vez.

Eu jamais havia pensado em ser qualquer coisa na vida. A não ser que minha queda pela poesia pudesse ser considerada uma vocação profissional. Eu nunca fora garoto de zanzar pelas ruas ou de correr

---

* Até 1996, o atual ensino fundamental se chamava ensino de primeiro grau e era formado pelos antigos curso primário (com quatro a cinco anos de duração) e curso ginasial, ou ginásio (com quatro anos de duração), este último considerado, à época, como ensino secundário. (N. E.)

atrás de bola. O que eu gostava mesmo era de ficar estirado no sofá escutando rádio ou lendo gibis.

Só falei em ser engenheiro eletrônico porque tinha lido numa revista, na biblioteca da escola, sobre as profissões do futuro. Das profissões apontadas, apenas uma me chamou a atenção: Engenharia Eletrônica. Não porque eu gostasse de engenharia ou soubesse o que era eletrônica. Eu simplesmente me apaixonei pelo som daquelas duas palavras reunidas: Engenharia Eletrônica! Como soavam bem!

– Agora vai te deitar. – A mãe me beijou na testa. – Hoje foi um dia de fortes emoções para mim.

Na noite seguinte, ela me chamou de novo à cozinha.

– Tomei a mais dolorosa decisão da minha vida, Candinho. Pensando apenas no teu futuro, resolvi que vais cursar o ginásio em Pelotas. Lá existe uma escola que te preparará para o curso de Engenharia Eletrônica.

Mamãe passou a mão pelos olhos úmidos e continuou:

– Estou triste pela tua partida, mas também aliviada, porque escolheste uma profissão de muito futuro.

Pensei em me desmentir, dizer a ela que aquilo não passava de uma brincadeirinha, mas acabei ficando calado. A mãe estava tão entusiasmada! Eu não quis desiludi-la.

– O mais terrível de tudo, para mim, Candinho, é que terás de morar com teu avô. Como és jovem demais para que te aceitem em uma pensão de estudantes, serei obrigada a te mandar para a casa daquele velho patife. Mas, como és um garoto de sólida formação moral, eu sei que não te deixarás corromper por ele.

Eu precisava interrompê-la, precisava acabar com aquela mentira, mas não tive forças para movimentar a língua.

– Teu avô se julga sabichão porque leu milhares de livros bolorentos da Biblioteca Pública. Mas ele é apenas um velhote pé-rapado que não tem onde cair morto. Bem que ele podia ter usado a inteligência que julga possuir para ganhar dinheiro... Mas não! Ele fez pior: incentivou a paixão do pateta do teu pai pela poesia...

Foi por culpa daquele ancião tratante que teu pobre pai virou um poeta de rádio, que trabalha como burro por um salário miserável.

A história estava indo longe demais. A mãe ia me mandar para a casa de um avô que eu não conhecia e que ela odiava.

Por fim, quando eu estava pronto para abrir a boca e desfazer aquela situação, mamãe pegou-me pelos ombros e olhou-me no fundo dos olhos.

– Finalmente, a família Canguçu terá um integrante bem-sucedido. Tu, Candinho, serás um famoso engenheiro eletrônico, ganharás muito dinheiro, comprarás um carro grande e uma casa com piscina.

Hoje, passados tantos anos, tenho certeza de que a maioria das brigas entre meus pais era por causa de grana. Meu pai julgava que nada no mundo podia ser mais desprezível do que o dinheiro. Minha mãe gostaria de viver sem precisar contar centavos.

CINCO FRASES INTEIRAS!

Na manhã de minha partida para Pelotas, o despertador tocou às quatro e meia. A mãe gostava de chegar cedo aos seus compromissos. Era noite fechada quando saltei da cama e me arrastei até o banheiro.

Após um banho rápido, me vesti e fui tomar café. Na cozinha, mamãe bombardeou-me com conselhos.

– Não passa por baixo de escada! Não lê demais para não estragar as vistas! Dorme no mínimo oito horas por noite! Te afasta das más companhias! Toma conta da tua vida que Deus se encarrega do resto!

Quando o auto de praça – assim chamávamos o táxi naquela época – parou na porta de nossa casa, a mãe deixou escapar as primeiras lágrimas. Para disfarçar, reclamou do lanche que colocara na minha maleta de mão.

— Botei cebola demais nessa maldita galinha assada!

Sentada no automóvel, retomou as recomendações.

— Não gasta teu dinheiro em bobagens! Não usa sapato sem meia, que ficas com chulé! Escolhe bem tuas amizades! Não bebe café no vento, que ficas com a boca torta! Não te esquece de escovar os dentes depois das refeições!

Para surpresa dela e minha, o pai estava na plataforma da Estação Ferroviária.

Confesso que jamais havia notado que meu pai era um homem bonito. Naquele dia, ele vestia um terno de linho tão branco que chegava a doer nos olhos da gente. Seu cabelo negro, repartido no meio da cabeça por um risco reto, cintilava de tanta brilhantina. Alto, magro e pálido, ele era elegante como um galã de cinema.

A mãe, que não o via desde a farinhada, recuperou-se da surpresa antes de mim.

— Vai te despedir daquele homem. Apesar de locutor de rádio, ele ainda é teu pai.

Dias antes eu havia falado com o pai sobre minha ida para Pelotas. Como ele não dissera nada, achei que não tinha prestado atenção nas minhas palavras. Mas, felizmente, ali estava ele. Um homem que eu jamais contemplara em uma rua, debaixo do sol, de pé. Antes eu só o vira na penumbra da nossa sala ou na obscuridade do quartinho da rádio, sempre deitado.

Corri para ele e nos abraçamos com força. Pensando bem, acho que nunca havíamos nos abraçado. Sinto até hoje o cheiro bom de loção que vinha do seu rosto recém-barbeado. E lembro-me do seu vozeirão.

— Vai, filho, segue tua vida! Tenta ser um homem de bem! Todos os pássaros, um dia, devem deixar o ninho onde passaram seus verdes anos! Peço-te, porém, que nunca permitas que teu coração sobrepuje a razão, como ocorreu comigo. Não te entrega à poesia.

Fiquei realmente comovido. Nunca meu pai havia falado tanto comigo. Cinco frases inteiras! E uma delas bastante longa! Tive até medo de esquecê-las.

O que mais me impressionou nas suas palavras é que, embora tão diferente da mãe, ele parecia concordar com ela em um ponto: a paixão pela poesia aparentemente não era um bom negócio.

Quando o pai me soltou do abraço e se levantou, ajeitando o paletó, decidi revelar a ele a minha identidade secreta...

A MENTIRA TEM PERNAS CURTAS!

Mas mudei de ideia.

Mordi a língua e, sem confessar a ele que era O Jovem Melancólico, um dos seus mais assíduos colaboradores, me encaminhei para onde estava minha mãe.

Perceberia meu pai a ligação entre minha partida e o fim das contribuições d'O Jovem Melancólico?

Mamãe estava azucrinando o carregador com recomendações sobre minha bagagem, que consistia em uma mala grande e uma maleta de mão.

Quando o chefe da estação, de terno azul impecável e quepe vermelho, fez soar o sino pela primeira vez, beijei mamãe e embarquei.

Acomodei-me junto à janela aberta enquanto o carregador bufava para colocar minha mala no bagageiro suspenso, por cima da minha cabeça.

De pé na plataforma, segurando minhas mãos, a mãe despejava lágrimas e conselhos.

— Reza pelo menos um Pai Nosso e uma Ave Maria toda noite! Não come uva com melancia, que a mistura empedra no estômago! Mais vale estar só que mal acompanhado! A mentira tem pernas curtas! Nunca abre tua carteira na frente de estranhos!

Ouviu-se um assovio fino e penetrante. Como se respondesse a ele, a locomotiva apitou e soprou um grosso jato de fumaça negra.

Mamãe estava quase gritando.

— Deus ajuda quem cedo madruga! Abre bem o olho com o malandro do teu avô! O seguro morreu de velho! Só o estudo vence a pobreza! Anda pela calçada da sombra, porque sol demais derrete os miolos!

Senti um tranco e meu banco sacolejou. A mãe soltou minhas mãos. O trem rodou uns metros e parou. Arrancou de novo e começou a rolar, devagarzinho. Mamãe corria sobre a plataforma, ainda me aconselhando, mas eu já não conseguia ouvir o que ela dizia.

O pai estava voltado na minha direção, mas acho que não me via. Tinha o olhar triste dos homens que vivem mergulhados no tormentoso mar da poesia. Talvez estivesse bolando um poema para recitar à tardinha no *Poesia e encantamento*. Mas, de repente, com um gesto lento e elegante, ele sacou do bolso superior do paletó um lenço encarnado e se pôs a acenar para mim. A mãe ainda corria esbaforida, ficando cada vez menor, chorando sempre.

A primeira curva da estrada de ferro sumiu com meus pais.

O PÃO QUE O DIABO AMASSOU COM SEUS PÉS SUJOS

Naquele trem, pela primeira vez na vida, me senti totalmente sozinho.

Pensei até em chorar um pouco, mas a curiosidade foi mais forte e eu me voltei para o interior do vagão, interessado em conhecer meus parceiros de aventura.

Não pude ver nada. Ao meu lado havia uma verdadeira montanha humana. Um homem imenso, ocupando três quartos do assento, imprensava-me contra a janela. Para completar meu isolamento do mundo, ele abrira um jornal.

Encolhido, eu podia ver apenas o perfil do meu vizinho: uma caraça cor-de-rosa que acabava em uma monumental papada.

Resolvi me concentrar na paisagem: campos verdes, vacas sonolentas e homens a cavalo.

A monotonia do cenário e o rolar macio do trem foram me entorpecendo. Eu estava quase dormindo quando o gordão fechou estrepitosamente o jornal e se voltou para mim.

— Desculpe a indiscrição, mas eu poderia saber para que cidade se dirige o jovem cavalheiro?

Como mamãe me instruíra a não dar conversa a estranhos, respondi secamente.

— Pelotas.

— Bela cidade! — O gordão acomodou o jornal dobrado no alto da pança. — Uma lástima é o povo que mora lá. Gentinha metida a besta! São todos esnobes e escroques! Tem muito vigarista por lá! Cuide-se! Eles costumam roubar a mala do cidadão mal ele desembarca... Por acaso o jovem cavalheiro estaria indo para lá a fim de estudar?

– Sim.

– Muito bem. Estudar é uma bela coisa. Todos deveriam estudar. Estudo é como dinheiro: quem o tem não dá bola para ele. Só os pelados é que reconhecem o valor do ensino escolar. Eu, por exemplo, quando era um rapazinho talentoso, sonhei em ser um brilhante advogado, mas infelizmente tive que começar a trabalhar mal me firmei nas patas de trás. O mundo é intrinsecamente injusto, jovem cavalheiro.

Eu o escutava fascinado, mas com o rosto recuado, porque o hálito dele não era perfumado.

– Veja o seguinte exemplo: dois cidadãos precisam praticar um pequeno trambique para reforçar seus orçamentos. Um deles é um doutor com anel no dedo e o outro é um chinelão. Os dois saem à rua e batem a carteira de dois desavisados. Chega um policial e prende um deles. Quem foi preso? O que não tinha anel de doutor no dedo, claro!

A voz dele era bonita, devo reconhecer, clara e límpida.

– Veja outro caso: um médico diplomado dá um remédio errado e mata um sujeito mais forte que touro de exposição. Um pobre ervateiro receita um chá de camomila para uma velhinha centenária que, por acaso, morre. Chega um policial e prende quem? O ervateiro, claro! Então eu lhe digo, jovem cavalheiro: para se ver livre das garras da polícia, arrume um diploma. Lustre o traseiro das suas calças num banco de faculdade. Certo?

– Bem...

Eu não conseguia afastar meus olhos dos olhos dele: azul-claros, raiados de vermelho.

– Eu, como não pude cursar uma universidade, sou obrigado a comer o pão que o diabo amassou com seus pés sujos. Trabalho de sol a sol, feito um condenado, para no final do mês receber um salário de fome... Pensando bem, no meu caso, qualquer salário será de fome, porque eu preciso de alimentação abundante...

Bem diz o ditado: quem nasceu para tatu morre cavando. Por tudo isso, eu lhe rogo, jovem cavalheiro: estude, estude e estude. Certo?

— Certo.

Eu tinha bem nítida na mente a advertência de minha mãe contra os estranhos, mas estava encantado com o palavrório do gordão.

— Quando dois cidadãos se encontram diante de um mesmo desafio, sai-se melhor aquele que mais se dedicou ao estudo. Exemplo: dois espertalhões precisam aplicar um golpe em um simplório. Qual deles enganará mais facilmente o otário? Obviamente, o pilantra mais letrado! Por quê? Porque ele dispõe de um vocabulário mais vistoso. Por isso, jovem cavalheiro, leia dicionários nas suas horas vagas!

De súbito, ele bateu com a mão na testa como se lembrasse algo importante.

— Ah, vista-se bem! Mais vale uma camisa bem passada do que um passado limpo. Quando alguém entra em uma agência bancária para pedir um empréstimo, o que faz o gerente? Observa atentamente a roupa do solicitante. Se o terno for bem cortado, o gerente solta o capim. Agora, se o cidadão está mal trajado, o gerente o manda pastar. Eis a lei número um do mundo das finanças: vista-se bem!

O homenzarrão baixou o rosto, fechou os olhos e logo começou a ressonar. Mas as palavras dele continuaram a dançar na minha cabeça por um bom tempo.

A paisagem sempre igual, o balanço do trem e o ventinho fresco que entrava pela janela foram me acalentando e eu também adormeci.

MAIS TARDE PODE SER TARDE DEMAIS

Quando acordei, o grandalhão havia sumido.

Que alívio! Pude então examinar meus vizinhos. Levantei-me e corri os olhos pelo vagão. A imensa maioria era formada por mulheres e crianças que viajavam de férias.

As mulheres se esganiçavam o tempo todo, implorando aos filhos que não trocassem sopapos, não virassem cambalhotas nos bancos e não enfiassem a cabeça pelas janelas. As meninas e os meninos se esmeravam em fazer exatamente o que mais irritava suas mães: perseguiam-se no corredor, empurravam-se, trocavam coices e murros, saltavam de um banco a outro e, principalmente, metiam a cabeça para fora do trem.

De repente, percebi que um homem avançava lentamente pelo corredor. Era o garçom do trem.

Que figura! Baixinho, magrelo e muito pálido. O meio da cara dele era cortado por um bigode bem fininho, preto, que parecia ter sido desenhado a lápis.

Na mão esquerda, o garçom carregava um engradado de fios de arame, no qual chacoalhavam garrafas de cerveja e de refrigerante. Na mão direita, equilibrava uma bandeja coberta com um guardanapo de limpeza duvidosa. O sacolejo do trem fazia com que ele dançasse no ritmo do tilintar das garrafas.

– Ói lanche-frigeante-cervea! – berrou com voz nasalada.

Ao escutar aquela cantilena, senti fome e sede. Em casa, eu havia comido pouco, por causa da tensão com a viagem. Resolvi então comprar um refrigerante para acompanhar a galinha assada que trazia dentro da maleta. Eu já estava levando a mão ao bolso quando me lembrei da recomendação de minha mãe para não mostrar dinheiro diante de desconhecidos.

Parado no meio do corredor, rebolando ao balanço do trem, o garçom me observava só com o olho direito.

– O rapaz vai querer um guaraná?

As palavras saíam-lhe fanhosas pelo canto da boca retorcida.

– Não.

– Pepsi?

– Não.

– Grapette talvez?

– Não!

— O rapaz gostaria de um pastel quentinho?
— Não.
— Quem sabe um sanduíche?
— Não! Eu trouxe lanche.
— Trouxe mesmo?
— Talvez mais tarde – respondi, para me ver livre dele.
— Mais tarde pode ser tarde demais. Quando a fome bate nos passageiros, em geral eu não tenho mais lanches. Aí, o sujeito pensa até em comer o estofamento dos bancos. Que tal um quindim para abrir o apetite?
— Obrigado!
— Nem uma aguinha mineral? Olhe que, quando bate a sede, tem gente que pensa até em saltar pela janela para beber nos açudes da beira da estrada.

Acintosamente, virei o rosto para a janela.
— Dinheiro no bolso cria mofo, rapaz!

Depois de esperar por um minuto a resposta que eu não lhe dei, ele partiu.
— Ói lanche-frigeante-cervea!

O MISTERIOSO SUMIÇO DO GALINÁCEO ASSADO

Assim que o garçom sumiu, eu me levantei. Depois de espreguiçar-me, parti para um demorado passeio pelo trem. Fui de vagão em vagão, andando devagarinho, observando tudo com atenção. No último vagão, saí para a plataforma e por lá fiquei um bom tempo contemplando o cenário que ficava para trás.

De volta ao meu banco, alertado por um ronco abdominal, percebi que estava com fome. Muita. Coloquei-me de pé sobre o banco e abri o fecho da maleta de mão, na qual a mãe havia colocado o saco plástico com a galinha cortada em pedaços.

Enfiei a mão dentro da maleta e tateei no cantinho direito, onde a penosa deveria se encontrar. Nada. Havia um vácuo ali. Meu coração disparou.

Agarrei a maleta e, abraçado nela, me sentei às pressas. Ao abri-la, recebi no nariz o tapa de um aroma gostoso. Mas a galinha propriamente dita não podia ser vista. Nervosamente, revirei o interior da maleta. Nada!

Que mistério! Que fim teria levado a minha penosa assada?

Não demorou um segundo até que a única explicação possível para o sumiço do galináceo explodisse na minha perturbada mente.

O gordão!

Claro! Só podia ter sido aquele maldito falastrão! Aproveitando-se da minha soneca, ele tinha roubado o lanche. Que bandido! Onde já se viu um barbado furtar a refeição de um garoto de onze anos?

Fechei a maleta com um estrondo.

Enfurecido, eu estava disposto a tudo para reaver minha galinha. Se encontrasse aquele gorducho, eu...

Soltando fogo pelas ventas, pisando forte, com a maleta debaixo do sovaco, percorri todos os vagões.

Era impossível que um sujeito daquele tamanhão pudesse se esconder em um trem.

ELE FAREJA COMIDA BOA A QUILÔMETROS DE DISTÂNCIA

Percorri todo o trem. Fui do vagão que vinha logo atrás da locomotiva até o último. Não vi nem sombra do bandido.

Quando retornava ao meu banco, passei pelo vagão-restaurante. O garçom abriu um largo sorriso ao me ver.

– Graças ao bom Deus, o rapaz finalmente escutou a voz do seu estômago!

— O senhor não viu um homem bem grande e bem gordo?

— Realmente gordo e realmente grande? Com um bafo de tigre? Falante, verboso?

— Esse mesmo.

— Ah, é o Rouba-merendas! Faz pouquinho ele desembarcou em Biboca.

— Rouba-merendas! — exclamei, indignado. — Quer dizer que ele costuma roubar o lanche dos passageiros?

— Nem sempre as pessoas reclamam dos roubos dele. É um sujeito tão simpático! Agora, uma coisa é certa: o danado sempre arranja o que mastigar de graça. Sendo convidado ou não. No fundo, é um bom sujeito: culto, educado e respeitoso. Por acaso, ele roubou o seu lanche?

— Deve ter roubado! — estrilei. — O que não compreendo é como o senhor me diz com essa calma toda que um ladrão de comestíveis costuma viajar no seu trem. O senhor não dá queixa à polícia?

— Por que eu registraria uma queixa? De mim ele nunca roubou nada.

Controlando-me para não chorar de raiva, fiz uma ameaça.

— Mas eu vou me queixar à polícia!

— Onde? Em Pelotas, quando chegarmos? Ou o rapaz pretende voltar a Bagé para registrar a queixa na delegacia de lá?

— Aquele barrigudo viaja muito neste trem?

— Quase todo santo dia. Ele sempre embarca e desembarca nas paradas mais mixurucas. Vende porcarias aos fazendeiros desses cafundós: arados, arreios, lampiões, facões e espingardas.

— O senhor viu quando ele se sentou ao meu lado?

— Sim. Vi e até pensei: talvez este pobre rapaz venha a passar fome hoje.

— Se o senhor tivesse me alertado, eu teria escondido minha galinha assada.

— Galinha assada? Bah, diante do Rouba-merendas não adianta

botar galinha assada nem dentro de cofre! Ele fareja comida boa a quilômetros de distância.

Acusador, apontei meu indicador para ele.

– O senhor sabia que ele ia me roubar.

– Certeza eu não tinha. Não julgo as pessoas. Um bom cristão sempre deve dar chance aos pecadores para que se recuperem.

– O senhor é cúmplice dele, porque as vítimas acabam tendo que comprar lanches do senhor.

– Pobre do Rouba-merendas! – comentou. – Tão educado! É pena que seja um gatuno medonho! Ele deve sofrer de algum tipo de doença, não lhe parece?

– Cleptomania – expliquei.

– Deve ser. Mas, pensando bem, no fim das contas, o rapaz é sortudo. Eu ainda tenho sanduíches para vender.

– O senhor é desonesto! Nunca vou comprar nada do senhor! Saí pisando duro.

– A viagem é longa, rapaz! – gritou ele. – Tão longa que nem os maiores avarentos resistem. Todos acabam comprando alguma coisinha de mim.

OFENSAS NÃO REDUZEM O PREÇO DO SANDUÍCHE

Voltei ao meu banco e lá fiquei cozinhando minha raiva, que cresceu ainda mais quando, ao meio-dia, as mulheres começaram a abrir seus embrulhos. E o ambiente foi perfumado pelo aroma de linguiças fritas, bolinhos de bacalhau, pastéis, quibes, sanduíches de mortadela e... galinhas assadas. Passei a salivar abundantemente. Resisti por bastante tempo, mas acabei me dirigindo ao vagão-restaurante.

– O que manda o querido rapaz?

— Um sanduíche – sussurrei.
— O rapaz sabe por que o ouro é caro?
— Não. Por quê?
— Porque é raro.
— E daí? O que tem a ver o ouro com o sanduíche?
— Tudo. Eu tinha vários sanduíches quando o rapaz passou por aqui. Mas agora só tenho um, que pertence ao chefe do trem. Se o rapaz insistir, posso vender-lhe esse último. Mas pelo dobro do preço para me ressarcir dos xingamentos que terei de ouvir depois.
— Mas isso é um roubo!
— O fato de o rapaz me chamar de ladrão não reduz o preço do sanduíche. É pegar ou largar.
— Está bem. Um sanduíche e um guaraná.
— Que maravilha! Fico feliz quando posso servir um cliente tão exigente quanto o estimado rapaz.

Lanchei em silêncio e voltei ao meu lugar.

A viagem parecia interminável.

A todo instante o trem parava em pequenas estações para deixar ou receber passageiros. Nas plataformas, meninos vendiam laranjas, bergamotas, sacos de pipoca ou de amendoim torrado.

Depois de um apito, o comboio seguia e a paisagem voltava a ser a mesma: vacas e ovelhas buscando refúgio na sombra das árvores, e cavalos arrastando-se com cavaleiros na cacunda. De vez em quando, o trem reduzia a velocidade por causa de uma curva fechada ou de uma ponte estreita. E voltava a correr.

Pelas três da tarde, segurando o engradado de arame e a bandeja, o garçom mais uma vez parou ao meu lado.

— O rapaz aceita outro sanduíche?
— Pensei que tinha comido o último – respondi.
— Comeu o último da manhã. Estes aqui pertencem à fornada da tarde. Vai um?
— Não estou com fome.

Mas, às seis da tarde, faminto, tive de voltar ao vagão-restaurante. Mais uma vez o preço do único sanduíche que estava no mostrador havia dobrado. Era o último da tarde.

GORJETA EM MOEDA ESTRANGEIRA

O trem chegou a Pelotas às dez da noite sob uma chuvinha fina. Enfiei a cabeça para fora e olhei para os dois lados da plataforma mal iluminada. Havia muita gente ali, mas ninguém parecia interessado em mim.

Um frio me correu pela espinha dorsal.

E se meu avô não aparecesse, onde eu passaria a noite?

Bem, eu não tinha tempo a perder. Precisava desembarcar logo porque o trem ainda seguiria para Rio Grande, a estação final. De pé sobre o banco, apanhei a maleta de mão da qual a galinha fora roubada e coloquei-a sobre o banco. Depois tentei, sem sucesso, retirar do bagageiro a mala grande. Mas não consegui movê-la um centímetro.

E se o trem arrancasse antes que eu conseguisse baixar a danada da malona?

Eu estava entrando em desespero quando uma voz gosmenta ecoou atrás de mim.

— O estimado rapaz aceitaria uma ajuda?

Voltei-me. Era o garçom.

Antes que eu pudesse responder, ele puxou a minha mala grande e saiu caminhando com ela. Agarrado à maleta, segui nos calcanhares dele, temeroso de que me roubasse.

Na plataforma, o garçom soltou a mala e estendeu a mão aberta para mim.

— Eu não recusaria uma gorjeta, meu rapaz!

— Gorjeta? O senhor não fez mais que sua obrigação!

Naquele exato instante, vinda por trás de mim, uma mão desconhecida depositou duas cédulas na mão do garçom.

O garçom imediatamente fechou a mão e escafedeu-se saltitando pelo meio do povo. Eu me virei para trás.

A mão que dera a gorjeta ao garçom pertencia a um homem que era apenas uns poucos centímetros mais alto do que eu.

O homem vestia uma camisa de corte militar que parecia estar enfiada em um cabide, porque ele era magro e tinha os ombros quadrados. Seu rosto comprido tinha pouca carne e muito osso. O rosto chupado e anguloso, bronzeado, parecia esculpido em madeira dura. Seu cabelo branco espetado no alto da cabeça lembrava cerdas de uma escova. No centro da face, destacava-se um imenso nariz abatatado.

Enquanto eu o observava atentamente, ele manteve seus olhos cinzentos fixos nos meus.

– Só podes ser mesmo o filho daquela mãe! – Sua voz era grave e rouca. – Tão novo e já tão pão-duro! E mal-agradecido ainda por cima!

Aquele velho era, sem dúvida, Severo Augusto Cardoso Canguçu, o pai de meu pai. Em Bagé havia uma foto antiga em que ele exibia o mesmo cabelo, espetado em cima e raspado dos lados, mas ainda inteiramente preto.

– Aquele sujeito é desonesto! – expliquei. – É o garçom do trem. Ele me passou a perna em duas ocasiões.

Sem me responder, meu avô agarrou a mala grande e se encaminhou para a saída.

Abraçado à maleta, emparelhei com ele e indaguei:

– Que dinheiro era aquele que o senhor deu ao garçom?

– Dólares americanos.

– Posso saber quanto o senhor deu a ele?

– Sim. Duas notas de cem dólares.

– Isso deve ser uma fortuna!

– Seria.

— Seria? Como assim? O que o senhor quer dizer?

Paramos ao lado de um automóvel antigo, uma verdadeira relíquia. Depois de acomodar minha bagagem no porta-malas, ele voltou-se para mim.

— Seria uma excelente gorjeta se aquelas cédulas fossem verdadeiras.

— Eram falsas? – indaguei, espantado.

— Provavelmente. Eu as recortei de uma revista.

EU DESTRUIREI ESSA TUA PANÇA

Devagar, avançamos por ruas escuras até o centro da cidade. Lá, as pedras do calçamento molhado brilhavam com o reflexo dos letreiros luminosos.

Pelo grande número de lojas, descobri que Pelotas era uma cidade bem maior que Bagé.

De repente, uma pergunta saltou da minha boca.

— O senhor é mesmo o meu avô Severo?

— É possível. Todo Canguçu tem o nasal avantajado. Como o meu, como o teu. É como uma marca de fábrica. Há mais de cem anos, somos conhecidos por apelidos como Narigudo, Bicudo, Trombudo.

— O senhor me reconheceu pelo nariz?

— Não! Eu te reconheci quando, de costas para mim, foste grosseiro com o sujeito que te ajudou com a mala. A ingratidão é o traço mais marcante da família de tua mãe, os Fagundes.

— Mas aquele garçom é um tremendo cafajeste! Ele me cobrou o dobro pelos sanduíches. E é cúmplice do larápio que me roubou uma galinha assada.

— Não faz como tua mãe, que vive falando mal dos outros. Tu precisas entender que nem todos podem ser totalmente honestos.

Em parte, ele tinha razão, porque mamãe não poupava mesmo ninguém, mas quanto à honestidade...

Uma indagação silenciosa fez disparar meu coração: seria meu avô também um vigarista?

Naquele dia de azar eu já havia me defrontado com dois: o gordão e o garçom. Seria vovô o terceiro?

– Não me alegrei com o casamento do teu pai – acrescentou. – Ele era um jovem inteligente e sensível, um verdadeiro poeta, enquanto tua mãe já era uma jararaca rabugenta.

Deixando para trás as ruas estreitas, entramos em uma ampla avenida arborizada.

Mirando-me pelo canto do olho direito, ele indagou:

– Quanto pesas?

– O quê? – Me fiz de desentendido.

– O que informa a balança quando tu pisoteias a coitada?

– Sessenta quilos – menti.

– Não seriam setenta?

Ele havia acertado, mas eu me fiz de sonso.

– Ser feio é uma calamidade irremediável – continuou meu avô. – Mas estar redondo desse jeito na tua idade é coisa de preguiçoso. Ter orelhas de elefante, cara de fuinha, queixada de tocador de violino, dentes de cavalo ou nariz de fumar na chuva são fatalidades. Mas acumular dobras de banha na barriga é algo inaceitável para um pirralho. A partir de hoje, começarás um novo esquema de vida. Com alimentação sadia e exercícios físicos, eu destruirei essa tua pança.

O PEIXE MORRE PELA BOCA

Depois de cruzarmos um trecho de estrada de terra, avistamos uns postes de luz.

— Estamos chegando ao Laranjal — anunciou meu avô. — É uma praia da Lagoa dos Patos. Na verdade, é o mais lindo balneário do Brasil.

Paramos em frente a uma casinha de madeira. Iluminada pela luz de um poste, ela parecia bastante acolhedora. As paredes eram brancas, e as duas janelas e a porta estavam pintadas de verde.

Entramos. A sala pequena tinha duas poltronas, uma mesa de centro e uma estante com meia dúzia de livros. Eram obras tomadas de empréstimo à Biblioteca Pública Pelotense, onde meu avô trabalhara a vida inteira.

Da sala, passamos ao corredor que dava acesso aos dois quartos. Deixamos a mala e a maleta no segundo quarto e fomos à copa-cozinha.

Vovô abriu a porta da geladeira, pegou uma garrafa de leite e serviu-me um copo, que bebi de um só gole.

Depois ele sentou-se à mesa e preparou dois sanduíches.

Quase chorei. As fatias que ele cortou do pão sovado eram finíssimas. As fatias de presunto e queijo eram transparentes. Por fim, ele encheu outros dois copos com leite.

Nossos lanches eram idênticos.

Aquilo era injusto. Certamente ele se banqueteara durante o dia enquanto eu só havia comido os sanduíches fajutos do trem.

Vendo-me contrariado, talvez para me consolar, meu avô filosofou.

— O peixe morre pela boca.

Uma lágrima, uma só, escorreu pelo meu rosto. Suspirei fundo e comi o sanduíche com quatro dentadas vorazes.

De imediato, o cansaço da viagem de quinze horas se estendeu por todos os meus músculos. Bocejei.

Após escovar os dentes, fui para o quarto e me deitei em uma cama estreita, cujo colchão certamente fora recheado com pedras. Cobri-me com uma manta mais áspera que uma lixa.

Por um tempo ainda escutei, dentro da minha cachola, o

tique-taque do trem, só interrompido de vez em quando pelos roncos famintos do meu estômago.

Por fim, adormeci.

GUERRA COM BOSTA SECA DE VACA

— Acorda, mandinho! – gritou uma voz rouca vinda das profundezas.

Tentei abrir os olhos, mas minhas pálpebras pesavam toneladas.

A manta na qual eu estava enrolado foi puxada com força e eu girei como um rolo de papel higiênico no suporte.

— Deus dá bronca em quem até tarde ronca.

Abri os olhos e vi meu avô ao lado da cama. Com as mãos cravadas na cintura, ele estava na clássica posição de bule.

— São seis horas e todos os animais diurnos já despertaram. Os mosquitos já se recolheram aos banhados; e os ratos, ao porão. Te levanta, piá! É feio dormir mais que a cama.

Penosamente, eu me levantei e me arrastei até o banheiro. Sentia dores por todo o corpo, resultado do dia passado sobre o banco duro do trem e da noite dormida no colchão de granito.

Na cozinha, deparei-me com uma refeição tão decepcionante quanto a da noite anterior.

Fechei a cara.

Diante daquele meu protesto silencioso, vovô sentiu necessidade de explicar-se.

— Decidi que vais entrar em forma rapidamente. Os moleques de hoje são gorduchos porque passam o dia escutando rádio e comendo porcarias engordativas. No meu tempo, os meninos estavam sempre em ação: amarrando latas nas colas dos gatos, treinando a pontaria nas lâmpadas dos postes ou fazendo guerra com bosta seca de vaca.

Vô Severo fez uma breve pausa para ver se eu sorria, mas mantive a carranca.

— Por acaso tu já viste um trabalhador braçal que seja gordo?

Acintosamente, sacudi os ombros.

— Não me interesso por trabalhadores braçais. Para mim, tanto faz que sejam esqueléticos ou ventrudos.

— Todos os que trabalham de verdade são magros — continuou meu avô. — O que engorda um sujeito não é só a comida em excesso, é a indolência, a preguiça, o ócio.

Mastigando raivosamente o pão, soltei um comentário maldoso.

— A manteiga passou correndo por este mísero pedaço de pão.

— Passou correndo e te deixou um recado. Ela disse que tão cedo não voltará.

Vovô foi até a porta que dava para o pátio e de lá me chamou com um gesto.

— Vem comigo! Barco parado não ganha frete!

Ainda mastigando, saí atrás dele.

Um solzão amarelo banhava o pátio bem cuidado, no qual se destacavam dois largos canteiros de verduras. Ao fundo, o pomar reunia umas dez árvores frutíferas. Um estreito canteirinho de flores coloridas contornava a casa.

Meu avô abriu o portão e saímos. Passamos pelo idoso automóvel que nos trouxera da Estação Ferroviária e começamos a avançar pela rua sem calçamento.

TANTO FAZ CARECA QUANTO SEM CABELO

Ao chegarmos à esquina, nos defrontamos com o brilho dourado das águas da Lagoa dos Patos.

— Os primeiros europeus que se aventuraram por aqui foram os espanhóis – disse vovô. – Quando entraram por esta lagoa, não vendo nenhuma das margens, concluíram que tinham descoberto um incrível mar de água doce... Durante o verão, às vezes, o nível da lagoa baixa muito e a água salgada do mar chega até aqui trazendo toneladas de camarões.

Embora curioso em relação aos fenômenos da natureza e interessado no que ele dizia, resolvi protestar de forma indireta contra a minha dieta.

— Se tem camarão, a gente devia pescar. A mãe fazia uma ótima macarronada com camarão. Só de pensar nela eu fico com a boca cheia d'água.

— Pois tu podes ir secando a boca, porque nós só vamos pescar camarão depois que fores aprovado no exame de admissão à Escola Técnica.

— O senhor caminha depressa demais – resmunguei. – Não dá para andar mais devagar?

— Dar, dá, mas eu não gosto. Andando a passo largo, faremos oito quilômetros em uma hora, o que é uma boa marca para um velho de quase setenta anos e para um pirralho repolhudo como tu.

— Oito quilômetros? Não vou aguentar!

— Aguenta, sim. Tem gente que corre os quarenta e dois quilômetros da maratona por gosto. Que esporte tu praticavas lá em Bagé?

— Esporte? – indaguei, indignado. – Que eu me lembre, nenhum.

— Certamente praticavas esportes de salão, como levantamento de copos com refrigerante, raspagem de panelas e mergulho em sonecas de sofá. Estou errado?

Como ele estava certo, não retruquei.

Apesar da brisa fresca que vinha da lagoa, logo comecei a suar. Minha barriga trepidava, meus joelhos doíam, meus pés ferviam e minha garganta ardia de tão seca.

— Pensando bem, guri, eu acho que nós nos daremos bem, embora os Canguçu sejam todos esquisitos.

— Esquisitos? – perguntei. – Como assim?

— Todos os homens da nossa família são meio lunáticos.

— Eu não. Sou um menino equilibrado. Sei muito bem onde enfio o meu nasal.

— Ótimo. Mas, para enfiares teu nariz na Escola Técnica, terás de estudar muito.

— Por quê?

— Porque neste ano serão mais de quinhentos candidatos para cem vagas.

Mesmo surpreso com aquela informação, retruquei de imediato.

— Já estou aprovado! Lá em Bagé eu sempre ficava entre os três melhores da minha turma.

— Não canta vitória antes do tempo! Para ser admitido, terás de vencer quatrocentos concorrentes.

— Não preciso vencer quatrocentos! Posso até ser derrotado por noventa e nove.

— Isso é matemática de preguiçoso! – reagiu meu avô, bravo. – Se para ti tanto faz careca quanto sem cabelo, para mim o buraco é mais embaixo. Já que terás de queimar as pestanas, é melhor estudares para ser o primeiro do que o centésimo. E, como decidi que serás aprovado entre os melhores, a partir de hoje estudarás oito horas por dia.

Estaquei, mais uma vez à beira de um ataque de choro.

— Oito longas horas?

— Sim, mas em dois turnos. Porém, se te mostrares preguiçoso, eu posso criar um terceiro turno, à noite.

Penando para emparelhar com meu avô, que seguia no mesmo passo largo, decidi não discutir mais com ele, um velho cabeça--dura e insensível.

Olhei para o céu. Mesmo tão cedo, o sol já queimava uma barbaridade. Chorar debaixo daquele solzão, além de humilhante, seria extremamente cansativo.

Lembrei da vidinha mansa que levava em Bagé. Senti saudade das chateações da mãe e dos silêncios do pai. Mas o que mais me faltava naquele exato momento era a fofura do nosso sofá da sala, onde eu lia gibis ou escutava rádio.

O ESTUDO NUNCA MATOU NINGUÉM

Após aquela caminhada, que durou uma hora exata, desabei numa das poltronas da saleta. Pretendia morrer de esgotamento físico. Seria uma punição para aquele avô malvado, que seria torturado até o fim da vida pelo remorso de ter assassinado seu próprio neto.

Não morri nem pude descansar, porque meu avô aproveitou aquela ocasião para fazer um longo discurso sobre a importância de eu ser aprovado num dos primeiros lugares no exame de admissão à Escola Técnica de Pelotas.

Aos poucos, meu coração foi desacelerando. Compreendi que, infelizmente, não seria o primeiro garoto gorducho a morrer após uma caminhada extenuante.

Do que disse meu avô, só recordo do final:

— Em suma, estudar é mais fácil do que encaixotar fumaça, do que desentortar banana ou do que enxugar gelo. Se o estudo não te trouxer nenhum benefício, é certo que não te causará nenhum dano.

Vovô consultou seu relógio de pulso.

— São sete e meia. Às oito horas em ponto eu quero ver essa tua bunda colada em uma cadeira da cozinha. Vamos começar tua preparação para as provas da ETP.

Como ainda teria uma preciosa meia hora de folga, fui até meu quarto e apanhei na maleta – da qual sumira a galinha assada – um gibi do Cavaleiro Negro.

Voltei à sala e acomodei-me numa poltrona que, em termos de conforto, nem chegava aos pés do nosso sofá de Bagé, e saboreei a revistinha até o fim.

Às oito horas, apanhei os livros escolares que trouxera comigo e os joguei sobre a mesa da cozinha.

– Vais começar por onde? – perguntou vô Severo. – Português, Matemática?

– Para mim, tanto faz. Não me parece justo ser obrigado a estudar em época de férias. Além do mais, minhas notas do quinto ano foram excelentes.

– Quem te garante que notas que eram excelentes em Bagé serão boas aqui? Centenas de garotos das cidades vizinhas lutarão por uma vaga na ETP. Querem estudar de graça. Querem conseguir depois bons empregos. Querem receber altos salários.

Lembrei então do amor do meu pai pelo seu emprego mal remunerado.

– Não dou bola para dinheiro – declarei. – Prefiro ser feliz.

– Todos preferem ser felizes. – Vovô soltou uma risadinha galhofeira. – Mas ser feliz com dinheiro no bolso é um pouco mais divertido... Hoje vais começar estudando Matemática.

Levantou-se, deu-me as costas e saiu para o pátio.

De novo senti uma louca vontade de chorar, mas me segurei. Aquele velho impiedoso certamente não se comoveria com minhas lágrimas. Talvez até risse de mim.

Com que direito ele decidira que eu teria de estudar oito horas por dia?

Pensei em denunciá-lo à polícia.

Fechei os olhos e me imaginei entrando em uma delegacia.

– Qual é o teu problema, pirralho? – me perguntou um policial que tinha o corpo do Rouba-merendas e a cara do garçom do trem.

– Meu avô está me submetendo a um tratamento desumano!

– Desumano?

– Sim. Ele me obriga a estudar oito horas por dia nas férias!

– Pelo que eu sei, o estudo nunca matou ninguém. Pelo menos ninguém tão robusto quanto tu.

– Mas ele também quer me matar de fome.

– Essa seria uma acusação séria se você fosse franzino – retrucou o policial. – Mas você é mais forte que sapato de padre.

Minha divagação foi cortada pelo ruído de uma enxada se chocando contra a terra fofa de um canteiro.

TCHUM!

O velho cruel se divertia na horta enquanto eu penava sobre os livros.

Como podia ser tão desalmado?

Meu pai, o filho dele, era tão gentil!

Concluí que não havia nenhum traço comum entre aqueles dois homens, pai e filho, tão diversos. Aliás, havia uma grande diferença. Meu avô, apesar da voz muito rouca, falava pelos cotovelos. Já meu pai, que tinha uma voz aveludada, só abria o bico diante de um microfone.

A FOME É
O MELHOR TEMPERO

Durante o tempo em que o velho esteve fuçando no jardim, permaneci sentado diante do livro aberto. De vez em quando virava uma página, mas não lia uma só linha. Era o meu modo de protestar contra aquela tremenda violência.

Através da janela, eu podia observar a copa das árvores do pátio. Com inveja, via os passarinhos voando livremente de um galho a outro.

Se pudesse me transformar em pardal...

Por volta das onze, meu avô entrou na cozinha e foi direto à geladeira. Fingindo fazer cálculos, eu o observava pelo canto do olho. Vi que apanhou batata, chuchu, cenoura, couve, repolho e abóbora.

Entrei em desespero.

Pelo amor de Deus, o velhote sabia exatamente o que eu mais odiava!

Suando frio, angustiado, esperei inutilmente que ele pegasse um naco de carne ou uma coxa de frango.

Que nada! Descascou e picou todas aquelas coisas repugnantes e as meteu dentro de uma panela enorme.

Maldito momento em que inventei a história de Engenharia Eletrônica!

Burro! Eu era um verdadeiro asno, porque sabia desde pequeno que Papai do Céu castiga os mentirosos.

Dizem que a fome é o melhor tempero. É verdade. Quando o panelão começou a soltar um vaporzinho, eu, que só gostava de bife e batata frita, comecei a salivar.

Ao meio-dia em ponto, meu avô serviu a sopa.

Para mostrar minha revolta diante dos sofrimentos que estava enfrentando – lanche fraco, caminhada longa, estudo e sopa de legumes –, eu me servi de apenas duas conchas.

— Enche o prato, piá! Sopa não engorda.

Armei uma cara de nojo.

— Não sou chegado em comida vegetariana. Prefiro pratos à base de carne.

— Eu não estou te obrigando a comer esta sopa. Aliás, com a banha que trazes estocada na cintura, tu poderias aguentar uns dez dias de greve de fome.

Tomei a primeira colherada: suportável. A segunda: tragável. A terceira: razoável. Suguei com gosto a quarta: boazinha. Engoli a quinta: muito boa. Apressei as colheradas. Ótima. Excelente. Fantástica.

Caindo em mim, diminuí o ritmo. Não ficava bem para mim, um carnívoro declarado, demonstrar apreço por uma detestável sopa de legumes.

OS PRATOS E AS PANELAS ESTÃO LOUCOS

— Como passavas os teus dias lá em Bagé? – perguntou vovô.

— Fazendo coisas – respondi de maus modos, sacudindo os ombros.

O velho bateu com a mão aberta na mesa.

— Que tipo de coisas tu fazias? Mastigavas tijolos? Peneiravas água? Enceravas casco de barata?

Surpreso com a reação dele, respondi em voz baixa.

— Escutava rádio e lia gibis.

— Não praticavas nenhum esporte?

— Não morro de paixão pelos esportes.

— Pois eu vou te ensinar a amar os esportes. Não agora, não já. Antes, vou afinar a tua silhueta.

— Sinceramente, prefiro não praticar esportes.

— Mas eu, que sou mais velho e estou no comando, prefiro que tu pratiques esportes. Vários deles.

Meu avô levantou-se.

— Se quiseres mais um prato, come.

— Sopa não é a minha comida predileta.

— Deixa de bancar o cabeçudo! Enche a pança e depois te deita para tirar um ronco, porque às duas da tarde eu quero te ver de novo atarraxado nesta cadeira queimando fosfato.

— Quem sabe da minha vida sou eu.

— Não vais mesmo comer mais?

— Não.

— Então vamos à pia.

— Pia? Por quê? Não preciso lavar as mãos.

— Acontece que os pratos e as panelas estão loucos para serem lavados por ti.

Foi a primeira vez que enfrentei a pia depois do almoço. Nunca pensei que pratos e talheres dessem tanto trabalho.

Ao fim da lavação, meu avô voltou a sugerir que eu me recostasse para um cochilo. Embora sentisse um pouco de sono, não me deitei. Sentei-me na sala com um gibi nas mãos.

Muito contrariado, eu estava decidido a não seguir nenhum conselho do meu avô. Se ele era metido a durão, eu ia provar que era ainda mais teimoso e cabeça-dura.

Dali a pouco escutei um ronco formidável. Indiferente à minha solidão, meu impiedoso avô dormia sua sesta.

O COMOVENTE PROTESTO
DE UM POBRE CORPO

Foi um erro bárbaro não ter aproveitado aquele tempo para descansar, porque às duas em ponto escutei um grito rouco.

– O dever te chama, mandinho!

De cara amarrada, eu me sentei de novo à mesa da cozinha, decidido a continuar com a embromação da manhã.

Para ver se o tempo corria mais depressa, abri o livro de História, que era a minha disciplina preferida.

Antes de terminar o primeiro capítulo, comecei a bocejar. E logo senti muito sono. Mal conseguia manter os olhos abertos. Se lia uma frase, ao chegar à última palavra, já não lembrava da primeira.

Reconheci então que deveria ter tirado uma soneca, como recomendara o meu desnaturado avô.

Ora eu me sentava sobre uma nádega, ora sobre a outra, mas jamais alcançava uma posição confortável, porque o assento da cadeira parecia ter sido feito em chapa de aço.

De vez em quando meu estômago emitia um ronco estrepitoso.

Acabei dormindo sentado, com o pescoço dobrado e o queixo cravado no peito. Algumas vezes despenquei daquela postura incômoda e estourei a testa no tampo da mesa.

Uma dessas cabeçadas barulhentas ocorreu justamente quando meu avô entrava na cozinha para beber um copo de água.

– Lava o rosto na pia, piá! E depois toma um café. Mas sem pão, claro!

Bebi uma xícara do café velho que estava na garrafa térmica e fiquei desperto por meia hora, mas depois o sono voltou com força redobrada. Mesmo de pé, eu acabaria dormindo. Imagine sentado!

Para me recuperar, resolvi dar um passeio pelo pátio.

– Algum problema gravíssimo? – perguntou meu avô quando me viu sair pela porta da cozinha.

RONC!

A resposta foi dada a ele pela minha barriga.

Em condições normais, eu teria ficado envergonhado com aquele ronco tão estrondoso, mas naquela hora eu vibrei. Aquele ruído era o comovente protesto do meu pobre corpo diante de um avô tão perverso.

Fingindo não ter escutado o barulhão da minha pança, ele me interrogou.

– Qual é o teu método de estudo?

– Método? Como assim?

– Método de estudo, ora bolas! Ou será que os professores não te ensinaram um método para estudar com maior proveito?

– Eu estudo conforme me dá na telha. Não sigo método nenhum. Sou como os poetas, obedeço apenas à inspiração.

– Que sabes tu de poesia? Ninguém é mais apegado às regras malucas que os poetas! Olha o soneto!

– Não vejo necessidade de ter um método!

– Com um método, teu estudo renderá mais. Por exemplo, poderias dedicar uma hora a cada disciplina. Cansando de uma, passarias para outra.

– Talvez esse método funcione com outros garotos – esnobei. – Mas não comigo. Prefiro a liberdade. Estudo o que quiser na hora que bem entender. O meu método é ametódico.

– Ametódico? – indagou vovô, furioso. – Pois fica sabendo que vou botar método no teu estudo. Farei um organograma das disciplinas que estudarás até as provas. E depois, noite após noite, vou te sabatinar. Para cada pergunta que não souberes responder, eu te farei mais duas... Agora volta aos livros!

AS MÁS NOTÍCIAS VIAJAM NOS TELEGRAMAS

Apavorado com aquela ameaça, tentei estudar com seriedade. Porém, sonolento e esfomeado, não conseguia decorar uma só data histórica, uma só fórmula de Matemática, uma só regrinha de Português.

Perto das cinco horas, escutei palmas na frente da casa. Fui até o corredor e pude ver que o carteiro entregava algo ao meu avô.

— É carta para mim? – gritei.

— Não! – retrucou vovô, secamente. – Trata de voltar à mesa, que ainda te resta uma horinha de estudo.

Aquela terrível tarde acabou exatamente às seis horas, quando meu avô começou a aquecer o que restara da sopa.

Deixei a mesa e saí para o pátio. Com gosto, me espreguicei e enchi os pulmões de ar fresco. Depois, enquanto caminhava por ali, chutando pedrinhas, refleti sobre minha delicada situação.

Não, eu não aguentaria outro dia tão infernal quanto aquele. Precisava reagir aos ataques daquele avô impiedoso. Começaria não conversando mais com ele.

Assim, durante o jantar, não abri a boca, a não ser para permitir a passagem da colher. Devorei gulosamente quatro pratos da maravilhosa sopa que havia esnobado no almoço.

Com a barriga estourando, voltei à sala e me acomodei em uma poltrona. Enquanto observava a lua pela janela aberta, eu pensava sobre a morte. Minha morte. Naquela noite, achei que morreria, de tão embuchado que estava. Mas aos poucos meu corpo faminto foi assimilando o montão de sopa engolido às pressas.

Lá pelas tantas, meu avô se aproximou de mim e me estendeu um envelope pardo. Quando vi que era um telegrama, fiquei muito irritado.

— Por que não me entregou logo? – perguntei em voz alta.

— Para não atrapalhar teu estudo.

— O senhor mentiu – acusei. – Eu não lhe perguntei se o carteiro tinha trazido uma carta para mim?

— Perguntou. Mas ele não trouxe uma carta. Trouxe um telegrama.

— Qual a diferença entre carta e telegrama?

— O custo e a velocidade. O telegrama custa mais caro, mas chega mais rápido. As más notícias sempre viajam nos telegramas.

Assustado com o que ele havia dito, rapidamente abri o envelope.

Li então:

> **TELEGRAMA**
>
> QUERIDO FILHO VG AQUI TUDO BEM PT SEU AVÔ HOMEM RUDE VG MAS BONDOSO PT FAÇA COMO EU VG SEJA PACIENTE COM ELE PT DE VEZ EM QUANDO VG ELE TEM IDEIAS INTERESSANTES VG MAS MALUCAS VG EM GERAL INOFENSIVAS PT MEUS VOTOS VOCÊS SEJAM IMENSAMENTE FELIZES PT

Reli várias vezes aquela que era a primeira correspondência que eu recebia em minha vida. Era como se eu estivesse ouvindo o vozeirão do meu pai recitar aquelas palavras.

Às oito horas, utilizando-se dos meus livros do quinto ano primário, vovô me submeteu a uma saraivada de perguntas sobre Português, Matemática, Ciências, História e Geografia.

Errei a maioria das respostas.

— Se amanhã continuares burro desse jeito, eu vou te fazer estudar mais quatro horas, das oito à meia-noite. Agora presta atenção no que vou te dizer: na família Canguçu já tivemos de tudo — trapaceiros, vigaristas e trambiqueiros —, mas jamais contamos com um asno. Tu não serás o primeiro!

Abraçado aos meus livros, chispei para o quarto.

Nos dias seguintes, percebendo que não estudar seria um péssimo negócio, acabei enfiando a cara nos livros, de acordo com o método sugerido por vô Severo: uma hora para cada disciplina.

Dormindo dez horas por noite e me alimentando de modo apenas satisfatório, enfrentei bastante bem aquela rotina de oito horas diárias de estudo mais o interrogatório noturno. O sacrifício acabou sendo positivo.

A TRAPAÇA É UMA ARTE MUNDIALMENTE RECONHECIDA

Um mês após minha chegada a Pelotas, vovô e eu fomos à Escola Técnica conferir a lista dos aprovados no concurso para o Ginásio Industrial.*

Lado a lado, tensos, penetramos no imenso saguão atravancado por centenas de meninos e pais ansiosos. Uns comemoravam a aprovação aos gritos, outros choravam discretamente a reprovação.

A relação dos aprovados estava afixada na parede da Oficina de Mecânica de Automóveis. Ao descobrir que meu nome figurava em terceiro lugar, saltitei e dei socos no ar como um jogador de futebol. Urrando de felicidade, passei os braços em torno do meu avô e dei-lhe um beijo estalado na bochecha.

— Os Canguçu são bons em tudo o que fazem. — O velho levou a mão aos olhos marejados. — Tanto nas boas quanto nas más ações.

Anotada a relação dos documentos necessários à matrícula, deixamos a ETP.

— Embora não tenhas tirado o primeiro lugar, Candinho, mereces um prêmio. Vamos até o Mercado. Tem lá um português que prepara uma maravilhosa salada de frutas.

Aquela foi a primeira vez que vovô me chamou pelo meu apelido. Antes de ser aprovado na ETP, eu era apenas o guri, o piá, o mandinho.

Ao longo daquele mês em Pelotas eu havia afinado muito, perdera uns dez quilos e me acostumara a comer menos. Ou a passar fome, tanto faz.

A taça da salada de frutas que me foi apresentada no Mercado era enorme. Mesmo assim, eu a derrotei com uma dúzia de colheradas.

— Seu Joaquim, traga outra! — ordenou vô Severo quando me viu raspar o fundo da taça. — O garoto merece. Passou no exame da ETP.

---

* Antigo curso técnico de nível secundário. (N. E.)

Enquanto eu devastava a segunda taça com colheradas mais civilizadas, meu avô falava.

– Eu te observei atentamente durante todo este mês. Notei que, embora preguiçoso e glutão, és bastante esperto. Daí, concluí que formaremos uma boa dupla quando tu passares a ser o meu auxiliar.

– Auxiliar? – perguntei, desatento.

– Sim. Auxiliar, ajudante, assessor.

Debruçado sobre a mesa, vovô lançou um olhar ao redor antes de prosseguir em voz baixa.

– Na semana que vem, vou fazer um servicinho extra para reforçar o caixa e tu me ajudarás.

Ao me lembrar das insinuações maldosas de mamãe a respeito do meu avô, parei de mastigar.

– Exatamente que tipo de servicinho? – questionei, desconfiado.

– Um pequeno trambique, uma transgressão miúda. Nada mais que uma trapacinha.

– Trapacinha? – indaguei, olhos arregalados, coração quase me saindo pela boca.

Meu avô pôs o indicador diante dos lábios.

– Fala baixo! Praticaremos apenas uma malandragem ligeira, um golpezinho.

– Participar de um crime! É isso que o senhor está me propondo?

– Não exagera! Na verdade, o que faremos não será exatamente um crime. Será, no máximo, uma pequena contravenção.

– O senhor acha que tenho vocação para bandido?

– Não faz drama! Presta atenção ao que eu vou te dizer. Eu sou um velho, e a aposentadoria que recebo mal dá para pagar a comida. Mas nem só de pão vive o homem, diz a Bíblia. A gente também precisa de alimentos para o espírito. Viagens, por exemplo. É maravilhoso conhecer outras terras, pessoas e línguas. Ora, como a minha renda não me permite viagens, tive que procurar alternativas. Achei uma. Dar um golpezinho de vez em quando para arranjar um dinheirinho extra. Entendeu?

Acabei de mastigar o que restava da salada antes de responder.

– Entender, eu entendi, pois não sou tolo. Mas não aceito seu convite. Não desejo ser cúmplice de um fora da lei

– Fora da lei! Andas lendo gibis americanos demais! Mas, mesmo sendo tu um pirralho arrogante, mantenho tua nomeação como meu auxiliar.

Calado e imóvel diante da taça vazia, eu meditava.

Depois que saíra de casa, minha sina passou a ser uma sucessão de encontros com vigaristas: Rouba-merendas, o garçom do trem e meu próprio avô.

O que fazer naquele caso?

O correto seria levantar-me e sair dali mostrando indignação, sem dizer uma só palavra.

Mas para onde eu iria? A uma delegacia de polícia a fim de delatar meu avô?

Não, claro que não. O ideal seria pegar um trem e voltar para Bagé. Porém eu não tinha um centavo no bolso.

Além disso, o que diria aos meus pais? Que estava de volta porque meu avô era um trambiqueiro?

Depois de pedir uma garrafa de guaraná, vô Severo voltou a falar:

– Trabalhei a vida inteira, dos quinze aos sessenta e cinco anos. Comecei como faxineiro e me aposentei como chefe de encadernação da Biblioteca Pública Pelotense. Foram exatos cinquenta anos cuidando de livros e enfrentando ratos, traças e cupins. Pois bem, um dia, ao pendurar as chuteiras, descobri que tinha direito a uma aposentadoria mixuruca. Porém eu queria viajar! Como não sou de acomodar-me, já no dia seguinte saí em busca de um novo emprego. Rodei a cidade, gastei muita sola de sapato e não arrumei nada. Ninguém estava disposto a dar emprego a um idoso.

Depois de verter guaraná no meu copo, vovô continuou:

– Certa manhã, enquanto observava os pássaros catarem migalhas no meio da rua, me veio o estalo. Eu deveria resumir meu desejo ao essencial. O que era o essencial? Arranjar dinheiro para viajar.

Obtê-lo de forma honesta ou desonesta seria um detalhe. Decidi então botar de lado, por uns dias, as duras regras morais que tinha observado ao longo da minha vida.

Piscando os olhos, que brilhavam de empolgação, ele acrescentou:

— Como não queria sair à noite com um pé-de-cabra para arrombar portas e janelas, resolvi me transformar em vigarista. Quais são as ferramentas do trapaceiro? A esperteza e a conversa mole. Como deves saber, a trapaça é uma arte mundialmente reconhecida e aclamada.

SURGE UM MESTRE EM MEDICINA NATURAL

Em silêncio, deixamos o Mercado. Eu me sentia como se caminhasse entre as ruínas de uma cidade destruída por um bombardeio. Meu mundo havia desmoronado. Meu avô era mesmo um velhaco, como bem dissera mamãe.

Sem trocar uma palavra, voltamos para casa.

O resto daquele dia arrastou-se lento.

Em silêncio, enquanto tentava ler um gibi, recordei cada uma das palavras ditas pelo meu avô no Mercado.

Ao fim da tarde, saí a caminhar pelas ruas do Laranjal. De vez em quando, uma palavra – golpe, logro, trapaça, engano, ardil, trambique – fazia disparar o meu angustiado coração.

À noite, após o jantar, vovô pediu-me que permanecesse sentado à mesa.

— Abre bem os ouvidos, Candinho, porque vou te relatar meu primeiro golpe. Assim verás que o diabo não é tão feio quanto o pintam... Tudo começou quando li uma reportagem sobre emagrecimento. O jornalista analisava os métodos que estavam em moda e concluía dizendo que todos coincidiam em dois pontos: a pessoa precisava evitar carboidratos e fazer exercícios físicos.

Embora achando que deveria sair dali para não ouvir a confissão de um criminoso, permaneci com os cotovelos cravados na mesa.

— De repente, uma luz brilhou em meu cérebro. Para ganhar dinheiro, decidi me transformar em especialista no combate à obesidade. Como odeio remédios, resolvi que seria um mestre em medicina natural: o paquistanês Tradagore Bindentrath.

Durante o tempo todo, a imagem de minha mãe me vinha à mente. O que diria ela se soubesse que eu escutava passivamente o relato da primeira vigarice do meu avô?

A verdade é que eu estava enfeitiçado pelo que ele me contava.

— No dia seguinte, parti para a Praia do Cassino e me hospedei no Hotel Atlântico Sul. Durante cinco dias, só de calção, me expus por dez horas ao sol. Besuntado de bronzeador, de vez em quando eu entrava no mar para me refrescar. Fiquei tão moreno quanto achava que deveria ser um paquistanês. Enquanto fritava ao sol, bolava os detalhes do meu plano...

Depois de calar por uns segundos, como se tocado por lembranças, meu avô continuou:

— Na Estação Rodoviária do Cassino, antes de tomar o ônibus para Pelotas, entrei no banheiro e me transformei em Tradagore Bindentrath. Pendurei na cara uma barba postiça enorme, negríssima. No nariz, acavalei uns óculos de lentes escuras. E, para completar a farsa, enterrei na cabeça um enorme turbante roxo. Ao chegar a Pelotas, me hospedei no Grande Hotel. Depois, fui até o *Diário Pelotense* e lá publiquei um anúncio.

Nesse ponto da narrativa, vovô foi ao quarto dele e de lá voltou com uma caixa de papelão, que colocou sobre a mesa.

Abriu a caixa e dela pescou um recorte de jornal, que leu em voz alta:

— Mestre Tradagore Bindentrath, iniciado em zen-budismo, ioga e acupuntura, recém-chegado do longínquo Oriente, onde esteve em contato com monges e eremitas, coloca à disposição da sociedade pelotense seu revolucionário método de emagrecimento, adotado pelos faquires do Tibete, do Nepal e da Índia. Instalado no Grande Hotel, o internacionalmente reconhecido professor paquistanês trouxe consigo frascos do famoso elixir Sinjinvrada, feito com raízes de plantas exóticas do Himalaia. Emagrecimento garantido, com perdas de até cinco quilos por semana.

Ao fim dessa leitura, sem que eu pudesse controlá-la, uma pergunta saltou da minha boca:

— O senhor conhece pelo menos algumas palavras em paquistanês?

— Não, porque simplesmente não existe tal idioma. A língua oficial do Paquistão é o urdu. Então, como não existe dicionário de urdu-português, inventei algumas palavras para impressionar meus futuros clientes: *zandroque, tarramã, bejelavi, gudrunei* e *batragalá*.

Meu avô apanhou na caixa um turbante roxo, que espetou na cabeça.

— O senhor não teve medo de ser preso como falsário? – perguntei.

— Muito. Mas eu não podia recuar. Tinha investido todas as minhas economias nos preparativos do golpe. Bronzeador é um negócio muito caro... Ah, inventei um caminhar esquisito para o Bindentrath...

Manquejando, meu avô deu uma volta ao redor da mesa, sempre falando.

— Enquanto eu caminhava do hotel ao jornal, todos se voltavam para mim. Eu era o primeiro sujeito que os pelotenses viam usando um turbante. Passei por pessoas que conhecia e elas me observavam atentamente. Eu suava em bicas, temendo que alguém me desmascarasse. Entreguei o anúncio no jornal e voltei depressa ao Grande Hotel.

Vovô Severo pegou um frasco na caixa de sapatos.

— Este é o último vidro do milagroso elixir de raízes do Himalaia. Foi preparado pela cozinheira do hotel do Cassino com ervas medicinais que eu comprei lá mesmo. Incluí o elixir no tratamento porque brasileiro é louco por remédio.

Enquanto vovô ajustava no rosto uma vasta barba negra, eu perguntei:

— O senhor não pensou em desistir do golpe?

Só depois de completar seu disfarce, colocando também uns óculos de lentes escuras, ele me respondeu.

— É claro que pensei. Mas não podia desistir. Precisava de dinheiro para, no mínimo, pagar o hotel. Eu poderia fugir sem pagar, mas, se fosse pego, o escândalo seria gigantesco. Como eu, um honesto ex-servidor da Biblioteca Pública, explicaria minha transformação em Tradagore Bindentrath?

Vô Severo me entregou uma foto que apanhou na caixa de papelão.

— Dá para ver que sou eu? – indagou.

Observei atentamente a fotografia de um homem moreno que tinha as mãos unidas diante do peito, palma contra palma, como se estivesse rezando. Não se via a cara dele. A metade de baixo desaparecia sob a barba negra. A metade de cima sumia por trás das lentes escuras dos óculos enormes e do turbante enterrado até as sobrancelhas.

— Não! Tanto na foto quanto agora, o senhor está irreconhecível.

Por trás das lentes dos óculos escuro, os olhos claros de meu avô foram iluminados por um sorriso de orgulho.

A MAGRICELA, A MULHERZONA E A FOFOQUEIRA

Após breve pausa, vovô recomeçou sua história.
— No dia seguinte, às oito da manhã, apresentou-se na saleta que eu havia alugado no Grande Hotel a primeira cliente. Era uma mulher bem morena e magra como cabo de vassoura. Vestia um sári colorido. Entrou grasnando como uma pata. Apontei uma cadeira e ordenei que se sentasse, mas ela, gesticulando muito e fazendo caretas, não parava de se esganiçar. Então, de repente, tudo se aclarou para mim. Aquela magricela era minha conterrânea, uma paquistanesa, e estava ali para falar em urdu.

— E o senhor?

— Como sou bom observador, percebi que ela não estava interessada em conversar. Só queria falar. Aliás, raras são as pessoas que escutam o que os outros têm a dizer. Relaxei então. Deixei que matraqueasse à vontade. Quando eu já estava decidido a empurrá-la para fora, entrou na saleta um sujeito esquisitão, com uma desgrenhada cabeleira de cientista maluco. Era o marido daquela pobre paquistanesa. Pediu-me que a perdoasse, porque a coitada estava havia anos sem falar com um compatriota. Pegou-a pelo braço e a arrastou para o corredor.

Vô Severo me entregou então uma foto na qual Bindentrath aparece ao lado de uma mulherona alta e gordíssima.

— Minha segunda cliente foi essa mulherzona de um metro e noventa e cento e trinta quilos. Ela me disse de cara: "Me dou por satisfeita se perder uns quarenta quilos, doutor". Apontei a cadeira, mas ela preferiu permanecer de pé diante de mim, imensa, assustadora. *"Gudrunei, senhorra só perder quarento quilas nuns trinta meses"*, expliquei. Ela não queria esperar tanto tempo. "Vou me casar daqui a dez dias, doutor, e não quero quebrar a cama na lua de mel". Entreguei a ela dois frascos do meu remédio milagroso: *"Batragalá, senhorra tomá cinco colhera diário de elixiri.*

Senhorra caminhadar trinta quilômetro diário sem comer dolces ou massias. Nove dia, bum! Gordura for embora".

Embora nunca tivesse escutado ninguém falar urdu, considerei bastante convincente o sotaque do meu avô, que em seguida me entregou outra fotografia, na qual Bindentrath aparecia ao lado de uma baixinha gorduchíssima.

— Essa aqui foi a mais perigosa das minhas clientes. Era minha vizinha, uma bisbilhoteira que passava os dias pendurada na janela. Ao entrar, ela cravou seus olhinhos em mim: "Acho que conheço o senhor". Retruquei: "*Tarramã, impossíbil. Eu pasquistaniano ser. Quantos quilas o senhorra querer perda?*". Ela aproximou seu nariz do meu. "Tire os óculos, doutor, quero ver seus olhos". Recuei: "*Gudrunei, olhos tradagorianos sofredores com o luz brasileiro. Queimar cristalina, acegar mim*". Chata profissional, ela insistiu: "O senhor tem parentes aqui na cidade?". Fingi indignação: "*Bejelavi, senhorra muito falar, trapalhar consultacion*". Apontei a cadeira e berrei: "*Assentar bundo sua*". Assustada com minha reação, ela desabou na cadeira. Receitei vinte gotas de elixir e vinte quilômetros de caminhada por dia. "*Num mês senhorra ficar margrixela*". Ela choramingou: "Não aguentarei caminhar vinte quilômetros por dia". Aí eu me vinguei dela: "*Zandroque, muito grossa perna do senhorra suporrta caminhadar, sim*". Empurrei-a para o corredor e fechei a porta. Ufa! Que sufoco! Ao longo daquele dia enfrentei mais uns vinte clientes, todos estranhíssimos.

— O que o senhor fez com o dinheiro sujo que ganhou ilegalmente com essas consultas fajutas? – perguntei.

Vovô consultou o relógio.

— Isso eu só vou te contar amanhã, porque está na hora de ir para a caminha.

LADRÃO QUE ROUBA LADRÃO...

Na noite seguinte, meu avô narrou a parte final daquela aventura.
— Com o dinheirinho que ganhei com esse trabalho, que carinhosamente chamo de "O golpe do emagrecimento", viajei ao Rio de Janeiro. Desde menino eu queria conhecer a Cidade Maravilhosa. Embarquei na Rodoviária de Pelotas e depois de quarenta horas de sacolejo desembarquei na antiga capital brasileira. Fazia um calor de amolecer asfalto. Apanhei minha mala e me encaminhei à saída do terminal. Dei cinco passos e me vi cercado por dois sujeitos mal-encarados, ambos com a mão direita enfiada no bolso da calça. "Passa a mala, coroa", disse o que era bem alto. O baixinho completou: "E não abre o bico! Estamos armados". Tentei comovê-los: "Mas, bah, nessa mala só tem roupa velha". O baixinho soltou uma risadinha cruel: "A gente só quer mesmo é a mala". O grandão puxou a mala, mas eu não a soltei. Era novinha em folha. "Bons sonhos", disse o baixinho e retirou a mão do bolso. Tinha um soco inglês enfiado nos dedos. Deu-me um murro no queixo. Escutei o estrondo das minhas dentaduras se chocando. E vi incontáveis estrelas. Mas não caí. Zonzo, me segurei na parede. Podia vê-los se afastando com minha mala.

Vovô imitou os movimentos de um boneco desarticulado. Ou seja, ele próprio depois do soco que recebera no queixo.

— De repente, percebi dois policiais fardados na minha frente, imóveis, me observando. Apontei os assaltantes, que se afastavam lentamente: "Prendam aqueles bandidos! Eles acabam de me roubar a mala". O menos antipático dos policiais perguntou: "O cidadão já prestou queixa em delegacia?". Espantei-me com aquela pergunta: "Queixa? Como, se faz menos de um minuto que fui assaltado?". O mais antipático sacudiu a cabeça: "Sem boletim de ocorrência, não tem crime". Indignado, eu reagi: "Vocês por acaso têm medo daqueles bandidos?". Os policiais se entreolharam. "Temos medo, sim", admitiu o menos antipático. "Eles são bandidos barra pesada." Os dois deram-me as costas e se afastaram.

— E o senhor, o que fez? – perguntei. – Registrou queixa?

— Claro que não! Para que perder meu tempo? Saí da Rodoviária e me hospedei num hotelzinho em Copacabana. Como havia escondido o dinheiro nas meias, pude comprar algumas roupas e uma maleta. Mas fiquei menos de uma semana no Rio. Aí, quando voltei à Rodoviária para tomar ônibus para o Sul, fui novamente assaltado pelos mesmos bandidos...

— Essa não! – exclamei, impressionado.

— Sim. Mas nessa segunda vez nem se dignaram a conversar comigo. Simplesmente me tomaram a maleta nova e me deram outro murro, ainda mais dolorido, porque quem me acertou foi o altão. Caí desmaiado. Ao despertar, descobri que tinham levado minha carteira, meus sapatos e até minhas meias. Mas não foram totalmente maus: deixaram-me a passagem. Assim, descalço e sem um centavo, embarquei para a viagem de volta. Mais quarenta horas. Em cada parada do ônibus, eu ia ao banheiro e enchia a barriga com água. O tempo todo um ditado popular martelava meu cérebro: ladrão que rouba ladrão tem cem anos de perdão...

SEGUNDA PARTE

DANDO GOLPES

MACACO VELHO NÃO SE PENDURA EM GALHO SECO

Duas ou três noites depois, vovô levantou os olhos do livro que estava lendo e me surpreendeu com uma pergunta.

– Candinho, gostarias de conhecer Montevidéu, a capital do Uruguai?

– Claro! – respondi, entusiasmado. – Quando é que a gente viaja?

– Em breve. Ainda preciso definir um detalhe.

– Que detalhe?

– Onde vamos conseguir o dinheiro para as passagens e a hospedagem...

Arregalei os olhos.

– O senhor não está pensando em...

Eu devia estar com uma cara muito esquisita, porque meu avô, encarando-me, soltou uma risadinha irônica.

– É isso mesmo. Se quisermos viajar, precisaremos de dinheiro. Aí, para consegui-lo, teremos que aplicar um golpezinho.

– Golpezinho? – indaguei com um fiapo de voz. – Praticar uma ilicitude?

– Ilicitude? Olha, Candinho, se não te cuidares, acabarás poeta, como teu pai. Ilicitude é uma bela palavra, mas eu prefiro a brasileiríssima trambique, que soa melhor. Fraude, logro ou vigarice também servem.

Tentando não parecer muito interessado, indaguei:
— Mas como seria esse golpezinho?
— Modesto, porque me contento em ficar num hotel de três estrelas. Mas, mesmo sendo uma operação singela, vou precisar de um ajudante. Tu!
— Acho extremamente indecente de sua parte convidar-me para cometer uma falcatrua. Não conte comigo! Sou um menino inteiramente honesto.
— Sei disso, Candinho. Estou pedindo apenas que concedas uma folga de um ou dois dias à tua consciência. Praticaremos uma pequena mutreta, mas logo reencarnaremos no nosso papel de cidadãos decentes.
— Nem pensar! Se formos descobertos praticando uma transgressão, o que direi aos agentes da lei?
— Na maior cara de pau, tu dirás a eles que nada sabias do meu plano.
— O senhor quer que eu minta para uma autoridade?
— Uma mentirinha não vai te arrancar nenhum pedaço!
— Não conte comigo! Sou um garoto digno e não pretendo me enfiar em uma enrascada. Mesmo que quisesse ajudar o senhor, não me sinto espiritualmente preparado para executar atos delituosos.
— Deixa de ser bundão, Candinho. Na verdade, ninguém está preparado para nada, nunca! A vida é assim: os abacaxis caem por cima da gente e a gente precisa descascá-los. Aos catorze anos, me apaixonei por uma menina que não quis saber de mim. Eu não estava preparado para receber aquele chute no traseiro...

Interrompi meu avô para voltar ao ponto que mais me preocupava.
— O que eu mais temo é ser condenado ao cárcere.
— Não faz drama! És muito jovem para ser preso. E eu sou velho demais. Eu te juro que nós não iremos em cana.

Naquele momento, tendo meu avô assegurado que eu não seria enjaulado, me senti mais calmo. A perspectiva de conhecer outro país e ouvir gente falando num idioma diferente também atuou para reduzir minha resistência.

Vô Severo me deu um tapa amigável no ombro.

— Farei tudo direitinho. Macaco velho não se pendura em galho seco.

— Que tipo de golpe o senhor vai aplicar? Onde? Como? Contra quem?

Vovô demorou a responder.

— Ainda não sei bem. Realizar um trambique é como escrever um poema. Precisamos esperar pela visita da inspiração. Aos poucos, as ideias começam a jorrar do fundo da nossa alma, exatamente como brotam as palavras do coração do poeta. Depois, usando a razão, a gente põe as ideias em ordem. Então, de repente, o poema... Quero dizer, então, de repente, o golpe está pronto.

A LÍNGUA É A PRINCIPAL FERRAMENTA DE TRABALHO DO MALANDRO

— Candinho!

Acordei meio estonteado porque dormira muito mal depois daquela impressionante conversa sobre uma futura vigarice.

— O que aconteceu, vô? — perguntei ao ver que ainda estava escuro. — Algum problema?

— Vamos caminhar mais cedo hoje.

— Por quê?

— Porque vamos viajar.

— Para Montevidéu?

— Ainda não! Vamos a Capim Grosso, uma cidadezinha próxima. É lá que arrecadaremos os recursos que financiarão nossa viagem ao Uruguai.

Lentamente, tirei o pijama. Mais lentamente ainda, vesti calção e camiseta. Enquanto calçava os tênis, decidi que não entraria naquela tramoia de jeito nenhum.

– Anda logo! – berrou vovô, já na porta da frente.

Saímos. Caminhando pelo meio da rua, lado a lado, nos dirigimos à lagoa, como fazíamos todas as manhãs desde minha chegada a Pelotas.

Quando vi as águas escuras, ganhei coragem e falei grosso.

– Eu não vou com o senhor!

– É claro que vais! Passei a noite em claro detalhando a nossa, digamos, operação. Terás nela um papel muito importante... Além do mais, eu não posso te deixar aqui em casa. Sozinho, tu comerias tudo o que há na geladeira e no guarda-comida e voltarias ao sobrepeso.

– Mas eu não sei cozinhar!

– Pior ainda! Imagina o escândalo que seria se morresses aqui, de fome, durante minha ausência? Aí, sim, eu iria parar na cadeia. Por *netícidio*.

– Não existe a palavra *netícidio*!

– Não existia. Acabei de inventá-la.

– Eu vou viajar, sim, mas não para Capim Grosso – afirmei. – Vou voltar para Bagé.

– Tens dinheiro para a passagem?

Vacilei um pouco.

– Não. Mas, se for preciso, vou a pé.

– Olha que são duzentos quilômetros!

– Tanto faz.

– Já pensaste no dano que vais causar à tua pobre mãe? Ela está te esperando com um diploma de engenheiro eletrônico e tu vais aparecer por lá sem canudo e com os sapatos arrebentados... Deixa de ser bunda-mole, Candinho! Tudo vai sair bem, eu te garanto. O único risco que corre um trambiqueiro é o de ter cãibra na língua. Porque a língua é a principal ferramenta de trabalho do malandro. É preciso muita lábia para enganar os otários.

– Não acho certo engambelar os outros.

– Depende de quem são os outros. Há pessoas decentes. A essas não enganaremos. Mas há outros que são metidos a espertalhões. Nesses nós passaremos a perna, sim, e sem remorsos.

CIDADEZINHA PERDIDA ENTRE NADA E COISA NENHUMA

– Como será o golpe que o senhor vai aplicar em Capim Grosso? – perguntei, hesitante.

– Vamos explorar um dos piores aspectos do ser humano, que é a ambição desmedida, a cobiça. Como se começa uma vigarice? Fazendo vibrar as cordas da ganância no coração dos patifes. Em Capim Grosso existe muita gente ambiciosa. São exploradores da terra, das pessoas e dos bichos. Vivem da criação de animais, mas não cuidam deles. Não constroem abrigos para protegê-los no inverno. Vacas e ovelhas morrem encarangadas de frio. Não cultivam a terra e devastam o que podem. São patrões que pagam salários de fome aos seus trabalhadores. É dessa gente ruim que nós vamos bater a carteira.

Após esse discurso, minha resistência praticamente desmoronou.

– Nessa aventura, Candinho, nós agiremos como Robin Hood, que tirava dos ricos para dar aos pobres. Os pobres, neste caso, somos eu e tu.

– Por que o senhor escolheu Capim Grosso?

– Porque é uma cidadezinha perdida entre nada e coisa nenhuma. Seus cinco mil habitantes são tão tranquilos quanto as duzentas mil ovelhas e vacas que vivem naquele município. Há gente trabalhadora por lá, sim. Mas há também um bom número de fazendeiros prepotentes e avarentos. O único trabalho que se dão é o de esperar a época de vender a lã das ovelhas ou a carne das vacas. Embolsado esse dinheiro, eles não fazem mais nada até a safra seguinte. Estive em Capim Grosso há uns anos e fiquei impressionado com a estagnação econômica da cidade. Por isso resolvi dar uma chacoalhada nos mais ricos de lá.

– Eu me sinto inseguro, vô. Tenho medo de botar tudo a perder.

– É bom ter medo. Só os idiotas não têm medo... Mas, atenção: lá em Capim Grosso não me chamarás de avô. Serei teu tio, certo?

– Certo.

– Quero que cries um personagem para ti. Inventa uma voz diferente da tua...

– Quando viajamos? Amanhã?

– Não! Hoje. Partimos daqui a pouco.

– Já? – Parei bruscamente.

– Eu não te disse, Candinho, que a vida nunca dá tempo para a gente se preparar?

DE VÍTIMA A AJUDANTE DE GOLPISTA

Assim, em uma luminosa manhã de janeiro de 1965, meu avô e eu partimos para uma viagem de cento e cinquenta quilômetros até Capim Grosso.

Fomos até o centro de Pelotas e lá estacionamos o carro em uma ruazinha pouco movimentada. Vovô pegou uma maleta e me pediu que o acompanhasse em silêncio. Chegando a um posto de gasolina, entramos no banheiro sem que o frentista nos tivesse visto.

Sem uma palavra, vô Severo me fez sentar no vaso, apanhou uma tesoura e, com uma dezena de golpes, decepou as laterais da minha cabeleira.

A seguir, ele trocou a calça velha que usava por uma nova, bem frisada, que pegou na maleta. Apanhou também uma almofada redonda, que enfiou para dentro da larga camisa branca que estava usando. Jogou na cesta do lixo seu par de chinelos desbeiçados e calçou sapatos com salto e solado altos. Vestiu um paletó azul e pendurou uma gravata vermelha no pescoço. Completou o disfarce com um bigodinho cinzento, que colou por baixo de seu vasto nariz.

Saindo do posto, fomos à Rodoviária, onde meu avô contratou um carregador. Entregou a chave do carro a ele, indicou a rua onde estava estacionado e pediu-lhe que buscasse nossas malas.

De repente, um policial passou rente a mim. Como pensei que ele me daria ordem de prisão, fui sacudido por uma senhora tremedeira.

Ao meu lado, sereno, encostado à parede, vô Severo lia um jornal. Estava irreconhecível com aquela vasta barriga postiça. E parecia bem mais alto por causa dos sapatos.

Fiquei espantado quando vi o carregador surgir com quatro grandes malas. O que haveria nelas? Certamente material necessário à aplicação do golpe. Mas, o quê?

Ao ver o ônibus que nos levaria a Capim Grosso encostar junto ao meio-fio, senti uma ponta de esperança. Aquela fubica desconjuntada certamente não concluiria o trajeto. Enguiçaria no meio do caminho e nós teríamos de voltar a Pelotas, ainda inocentes, sem ter praticado um crime.

Embarcadas as malas, nós nos acomodamos, lado a lado, num banco do fundo. Mal a velha lata de sardinhas arrancou, vovô caiu no sono. De boca aberta, emitia uns roncos altos, que acabavam em assobios.

Observando-o, eu refletia.

Meu avô era mesmo um velhaco. Que vergonha!

O pior é que eu passara de vítima de golpistas a ajudante de um deles.

Por que não rejeitei a proposta indecorosa que ele me fizera? Porque ele era dono de uma conversa envolvente, exatamente como o Rouba-merendas.

Lembrei-me do que mamãe me perguntara um dia.

— Filho, o que é pior? Roubar um alfinete ou assaltar um banco?

— Roubar um banco, mãe, claro!

— Não, Candinho! É tudo a mesmíssima coisa: um crime! E o crime não compensa.

Eu refletia e suava.

O ônibus gastou quatro horas para completar o trajeto. Se disser que a estrada era ruim, minto. Era péssima. Esburacada, retorcia-se em incontáveis curvas fechadas. Suas subidas eram quase invencíveis; e suas descidas, assustadoras.

Sacolejando naquele coletivo construído antes da arca de Noé, meditei também sobre as extraordinárias mudanças ocorridas em minha vida. Em pouco mais de um mês, eu havia emagrecido muito e aprendera a estudar com método, mas em compensação...

TRANSPORTE DE MALAS ATÉ OS QUINTOS DO INFERNO

Formada por ruas planas que se cortavam em ângulo reto, Capim Grosso parecia um tabuleiro de xadrez.

Fomos um dos primeiros a saltar do ônibus quando ele se deteve em frente ao sobrado onde funcionavam a Rodoviária, um bar e uma agência da Companhia Telefônica.

Diante dos nossos olhos, espichava-se uma pobre praça de poucos bancos e raras árvores mirradas e desfolhadas. Havia canteiros, sim, mas sem flores, cobertos por um grosso capim ressequido.

Barriga projetada, nariz levantado, vô Severo já desceu do ônibus dando ordens em voz alta ao motorista.

– *Vamuix*, seu motora, retire logo as *minhaix malaix!*

Fui duplamente surpreendido tanto pelo sotaque estranho quanto pela postura arrogante.

O simpático motorista se justificou.

– Calma, doutor! Neste calor, se me apresso, eu fico mais molhado que copo de botequim.

Quando ele colocou nossas malas na calçada, vovô o interrogou:

– Você saberia me *dizerr* qual é o *melhorr* hotel *deixta* cidade?

O motorista passou um lenço sujo pelo rosto suado antes de responder.

– Aqui não tem melhor nem pior, doutor. Só tem um mesmo, o hotel do turco Ibrahim.

– *Apenaix* um? Onde fica?

– Lá! – disse o motorista e apontou para o outro lado da praça, onde se destacava outro sobrado em cuja fachada estava escrito: "Oriente Médio Hotel".

– E os táxis, onde *eixtão*? – indagou meu avô.

– Táxis? – Espantou-se o homem. – Bah, doutor, foi aqui em Capim Grosso que o diabo perdeu as botas. Aqui não tem táxi nem para remédio.

O motorista indicou então com o queixo um sujeito alto e magricelo que, encostado na parede, nos observava atentamente.

— Mas tem o Caniço! Por qualquer mixaria, ele leva suas malas até os quintos do inferno.

— *Tamos* aí, doutor, às *ordis*! — disse o tal Caniço e se apossou de duas malas. — Levo essas e depois volto para pegar as outras.

— Muito cuidado! — recomendou meu avô.

— Vou num pé e volto no outro — gemeu Caniço, vergado pelo peso das malas, andando ligeiro.

Segui vovô quando ele se encaminhou para o hotel.

— Onde o senhor arranjou esse sotaque? — perguntei em voz baixa.

— No Rio de Janeiro. Ao pronunciar os *esses*, os cariocas chiam mais que roda de carreta em dia seco. Nos *erres*, eles imitam uma lata vazia sendo arrastada sobre paralelepípedos.

— Vovô, acho que o senhor está parecendo arrogante demais...

— Essa é a ideia! A principal característica do meu personagem é a prepotência. Os tolos adoram todo sujeito que fala grosso.

Perto do hotel, ele colocou a mão no meu ombro.

— Vamos falar o mínimo possível entre nós, Candinho. Em bico fechado não entra mosca nem sai pecado. Ah, por falar em falar, lembre-se de inventar uma voz diferente para o personagem que vai interpretar nesta cidade.

UM GAROTO SUPER SUPERSTICIOSO

Vô Severo adentrou o saguão do Oriente Médio Hotel pisando firme no assoalho de madeira.

A penumbra era tão densa que demorei a ver que um homem estava sentado por trás do balcão. Dormia com a cabeça caída e o nariz apontando para o teto. Por trás dele, havia um quadro com dez escaninhos. Como havia chaves em todos eles, concluí que o hotel não contava com um só hóspede.

Vovô deu um tremendo murro no balcão.

Com um salto, o homem se pôs de pé. Passou a mão pela revolta cabeleira negra, encarou-nos e rosnou.

– *Gualé boblema?*

– Queremos dois apartamentos – disse meu avô em carioquês. – De preferência, conjugados. Com telefone, ar-condicionado, televisão e geladeirinha.

– *Abardamento azim dotor zó incontra in Bordo Alegre.*

– Então, me dê os seus dois melhores apartamentos.

– *Guardo da hotel da Ibrahim é tutu bom.* – O sujeito dobrou as mangas da camisa, como que se preparando para lutar. Seus braços grossos e peludos pareciam pernas de um urso.

Vovô ergueu ainda mais o queixo e a voz.

– Ô turcão, não banque o valentão. Muito peido é sinal de pouca bosta. Todos que tentaram me intimidar acabaram batendo com a cola na cerca.

Desafiador, o dono do hotel cruzou os braços diante do peito.

– *Bur acazu senhor tá ameazando Ibrahim?*

– Por acaso, não. Eu não faço o serviço sujo. Repasso o trabalho para homens mais malvados do que eu.

Aquela ameaça funcionou. Ibrahim descruzou os braços, virou-se, pegou duas chaves nos escaninhos e as jogou sobre o balcão.

– *Gafé da manhã entre zete e nove horas!*

A seguir, ele estendeu duas fichas de cartolina para meu avô.

– *Breencher eze tocumento. É bra bolízia!*

– Só preencherei as fichas se você me provar que os policiais desta cidade não são analfabetos.

Ignorando as fichas, vovô apanhou as chaves, deu as costas ao Ibrahim e se dirigiu à escada que levava ao segundo andar. Fui atrás dele.

Paramos diante da porta do quarto 13, que vovô abriu.

– Entra aí! – disse ele.

— De jeito nenhum! – Empaquei. – Sou um garoto super supersticioso.

— Eu também, mas sou mais velho.

Vô Severo deu-me um forte empurrão e eu quase me esborrachei, de costas, no meio do quarto número 13.

PARA TREINAR A PONTARIA EM CURIOSOS

A aventura não estava começando bem para mim. Depois de uma viagem miserável, eu recebia um quarto com o número do azar!

Amplo, mas escuro, abafado e cheirando a mofo, o quarto era simplesmente tétrico. Aproximei-me do espelho, rachado ao meio, e nele vi dois rostos iguais ao meu, me observando, ansiosos.

A cama era visivelmente mais baixa de um lado. Ou mais alta do outro. Sentei-me nela e, como o colchão era muito macio, afundei até encostar a bunda no estrado duro. Uma nuvenzinha de pó subiu das cobertas e me fez espirrar.

Abri a janela que dava para a praça dos canteiros de capim grosso. No passeio que a cortava ao meio, vi o Caniço avançando em direção ao hotel com as duas últimas malas.

Ninguém mais se movimentava na praça ou nas ruas abrasadas pelo sol. As portas e janelas de todas as casas ao redor da praça estavam fechadas. Seria Capim Grosso uma cidade-fantasma?

Inquieto, fui ao quarto 14.

— Não se vê vivalma nesta cidade – reclamei.

— Capim Grosso morre entre meio-dia e duas da tarde – explicou vô Severo. – Aqui todos praticam a sesta. Se o fim do mundo ocorrer depois do almoço, os capim-grossenses nem vão perceber.

Sentado diante da cômoda, com as mãos na cintura e uma expressão de desprezo no rosto, ele se mirava no espelho.

– O senhor não está exagerando na arrogância? – perguntei.
– Já tratou mal o motorista, o carregador e o dono do hotel...

– As pessoas se deixam pisotear pelos vigaristas porque acham que, no final, sairão lucrando. Assim, eu, o doutor Demenciano, darei a elas a chance de serem enganadas e, ao mesmo tempo, esnobadas.

Ao escutar passos pesados no corredor, abri a porta.

Caniço entrou sorridente e falante.

– Tem chumbo nestas malas, doutor?

– Tem – respondeu secamente meu avô. – O chumbo que eu uso no meu fuzil para treinar a pontaria em curiosos.

– Cruz em credo! – O carregador se benzeu e estendeu a mão aberta. – E aí, doutor, com esse calor, quem sabe uma cervejinha?

Vovô entregou uma nota graúda ao Caniço.

– Cervejinha não. Beba um barril de chope!

INSÔNIA ATÉ MESMO DE DIA

Depois que Caniço literalmente voou para fora do quarto, exultante com a dinheirama recebida, vovô pôs a mão no meu ombro.

– Vamos, Candinho! Caminhemos por esta bela cidade adormecida. Cobra que não anda não engole sapo!

Na rua, logo senti uma quentura nos pés. O calor atravessava as solas dos meus sapatos. Um ovo que caísse naquela calçada fritaria em segundos.

Meu avô apontou para a placa de uma barbearia.

– Vamos até ali. Barbearias servem para plantio e colheita de notícias.

Entramos. Um ventilador barulhento girava em torno de uma lâmpada amarelenta. Sua principal função era empurrar para baixo o ar quente. A outra era fazer circular um nauseabundo aroma de loção pós-barba.

O barbeiro – baixinho e careca – estava nas pontas dos pés para alcançar a cara do cliente que barbeava. Na cadeira reclinável se encontrava acachapado um loiro gorducho.

Vô Severo espetou seu indicador na ponta do nariz do barbeiro e indagou:

– Esse negócio vai demorar muito?

– A única coisa que não demora é a morte – respondeu o barbeiro, sem interromper o trabalho. – A gente passa desta vida para a outra em um milésimo de segundo.

O barbeiro voltou-se para o meu avô, levantou bem alto a mão direita com a navalha aberta, como se fosse dar a ela outra missão que não a de barbear, e perguntou:

– O senhor veio aparar o bigode postiço?

– Não! – Meu avô recuou um passo, mas logo se recompôs. – Quero que você dê uma ajeitada no cabelo deste moleque. Um barbeiro lá de Porto Alegre fez um caminho de rato na cabeça do coitadinho.

– Tomem assento! – ordenou o barbeiro. – Não cobro pela cadeira nem pela sombra fresca.

Mal nos sentamos, vovô comentou:

– A sua barbearia parece ser o único negócio aberto a esta hora na cidade.

– Sim – respondeu o fígaro. – Padeço de insônia até mesmo de dia. Não consigo sestear depois do almoço.

Ficamos um tempão em silêncio. Vô Severo fingia ler uma revista e o barbeiro fingia estar concentrado no seu trabalho. Mas os dois trocavam olhares desconfiados.

De repente, vovô fechou estrondosamente a revista e voltou-se para mim.

– Você já ligou para Porto Alegre, Facundo?

Sem saber o que dizer, gaguejei:

– Nã-não.

– Mas eu não lhe dei a ordem?

— Ma-mas eu....

— Quer dizer então que você simplesmente não ligou para o aeroporto de Porto Alegre? Eu estou precisando com urgência do meu avião e você não ligou para saber se ele já foi consertado? É isso, Facundo?

Com os olhos do barbeiro, do gorducho e do meu avô sobre mim, eu só consegui gemer.

— Que avi-vião?

— O maior, claro! O que nos trouxe ao Rio Grande do Sul. Você não lembra que despachei o avião pequeno para Manaus na semana passada?

AS PIADINHAS SÃO DE GRAÇA

Quando o loiro gorducho se levantou, já barbeado, vovô empurrou-me para a cadeira.

— Sente aí! Depois de cortar o cabelo você vai ao posto da Companhia Telefônica. Ligue para o Beto e diga a ele que preciso do meu avião...

— O que vai ser? — perguntou o barbeiro.

— Faça nele um corte de recruta — respondeu meu avô. — Raspe dos lados e apare em cima. Mas tenha cuidado! Não vá me arrancar uma orelha dele. O pobrezinho já é feio com orelhas, imagine sem!

Enquanto meu cabelo era desbastado, vô Severo caminhava de um lado a outro, mãos às costas.

De repente, sempre com seus *erres* arrastados e *esses* sibilantes, dirigiu-se em voz alta ao barbeiro.

— Trabalhe mais rápido! Grandes empresários não gostam de perder tempo. Viajei milhares de quilômetros para trazer bons negócios a Capim Grosso.

Naquele momento, a máquina do barbeiro mordeu-me a lateral

esquerda do crânio, mas não estrilei porque temia que meu avô arranjasse uma confusão.

Concluída a sessão de tortura, enquanto o barbeiro espanava-me o pescoço, vovô voltou a falar com ele.

— Você saberia me dizer qual é o melhor restaurante desta cidade?

O barbeiro levantou o rosto para o ventilador e ficou olhando para ele por um bom tempo. Parecia refletir seriamente. Por fim, disse:

— Deve ser o Boa Saúde, mais conhecido como Bife Sujo. Fica a trinta metros daqui, saindo à direita.

— E qual seria o segundo melhor?

O Raspa-cabeças voltou a observar o ventilador. Demorou ainda mais para responder:

— Pensando bem, nenhum. Só temos o Bife Sujo mesmo.

Vovô irritou-se.

— Por que não me disse logo que só há um restaurante nesta cidade? Está querendo zombar de mim?

— Fiz uma brincadeirinha com o senhor, sim. Trabalho muito e ganho pouco. Por isso, para me divertir, faço piadinhas.

— Você já ouviu falar que a rua dos engraçadinhos conduz ao cemitério? — perguntou vô Severo, ameaçador. E, em seguida, jogou uma nota alta sobre a cadeira. — Tome isso pelo corte do cabelo do menino. E fique com o troco.

— É dinheiro demais! — suspirou o cabeleireiro, impressionado.

— Para mim, é nada. — Meu avô atirou mais duas cédulas sobre a cadeira. — Essas são pela piadinha do restaurante solitário.

— Mas as minhas piadas são de graça — murmurou o barbeiro enquanto embolsava rapidamente o dinheiro.

— Talvez você devesse cobrar por elas. Sua língua é mais afiada que sua tesoura.

TEM MAIS JEITO DE MALUCO

A passos largos, vovô se encaminhou para o único restaurante de Capim Grosso. Fui trotando atrás dele.

O Bife Sujo funcionava numa sala estreita e comprida que mais parecia um corredor. Cinco mesas pequenas, alinhadas uma a uma, iam da frente ao fundo. Nenhuma estava ocupada quando entramos. Por trás do balcão, um sujeito permaneceu imóvel enquanto caminhávamos até onde ele se encontrava.

O homem não estava nos vendo. Seus olhos arregalados fixavam um ponto qualquer atrás de nós. Meu avô movimentou a mão aberta diante do rosto dele, que não teve reação.

– O esporte local é a sesta – disse vovô, em voz baixa. – Esse sujeito aqui consegue dormir até de olhos abertos... Vamos nos sentar.

Acomodamo-nos na mesa mais próxima do balcão e vovô bateu palmas.

O garçom pôs-se de pé com um salto, contornou o balcão e parou diante de nós.

– O que desejam os concidadãos?

— Comer! — respondeu meu avô. — Se quiséssemos morrer, teríamos ido ao cemitério.

— Estou inteiramente às suas ordens. — O garçom curvou-se tanto que eu achei que ele ia atar meus cadarços.

— Traga depressa o cardápio.

— Cardápio? — perguntou, espantado, o garçom. — Não temos. Só servimos um prato.

— E que prato é esse? — indagou vovô.

— Um prato de louça. Começamos usando pratos de plástico, mas fomos proibidos pela Prefeitura. Mudamos depois para os pratos de alumínio, mas eles amassavam muito. Aí, passamos...

— Traga arroz, feijão e bife! — ordenou vô Severo, ríspido. — Mas seja rápido, porque tenho muito que fazer! Ah, arranje-me também uma garrafa de uísque.

— Nunca tivemos uma só garrafa de uísque. Nossos clientes preferem gastar menos com destilados. Só temos cachaça.

— Esqueça. Traga água mineral.

Caminhando velozmente, rebolando como um corredor de marcha atlética, o garçom sumiu por trás de uma cortina imunda e em um segundo voltou com duas garrafas de água mineral.

— Mas esta água está morna! — reclamou meu avô, ao tomar o primeiro gole.

— Ainda bem. — O garçom suspirou fundo. — Ontem, com o calorão que fez, a água praticamente fervia.

Depois que o garçom sumiu de novo por trás da cortina florida, vovô comentou em voz baixa.

— Esse sujeito ou é doido ou é debochado.

— Tem mais jeito de maluco — palpitei.

O garçom colocou dois pratos na nossa frente.

Na primeira garfada, ao perceber que a comida estava fria, vovô estrilou.

— Por acaso aqui, neste restaurante, vocês colocam a comida na geladeira e a água mineral no fogão?

O garçom não respondeu. Acomodado por trás do balcão, de novo imóvel e de olhos vidrados, ele voltara a dormir.

— Candinho, o que está mais duro, o feijão ou arroz?

— O bife – respondi enquanto engolia rapidamente a gororoba.

Ao perceber que eu ia devorar tudo, talvez até mesmo o prato, meu avô me alertou.

— Deixe um pouco de comida. Não esqueça que somos ricos, e os ricos sempre deixam um restinho.

Depois que diminuí a velocidade das garfadas, vovô reclinou-se sobre a mesa e murmurou:

— Daqui a pouco, todas as pessoas da cidade estarão a falar de mim. O milionário arrogante que dá gordas gorjetas. Construirão essa imagem com base nas minhas conversas com o motorista do ônibus, o carregador, o hoteleiro, o barbeiro e o garçom dorminhoco.

Para pedir a conta, vô Severo bateu palmas novamente. Depois jogou um monte de cédulas sobre a mesa.

— Fique com o troco – disse ao garçom. – Com ele, compre um carro para você. Ou um iate.

Achei que o garçom dorminhoco explodiria de felicidade ao ver a dinheirama, mas a expressão facial dele não se alterou. Embolsou tranquilamente a bufunfa como se estivesse acostumado a receber gorjetas milionárias.

— Você pode me dizer em que rua fica o jornal? – perguntou meu avô.

— Que jornal?

— O jornal local, ora!

— Não precisamos de jornal aqui. Em Capim Grosso tem mais fofoqueiros do que moscas em tampa de xarope. Além disso, jornais só publicam más notícias. O concidadão conhece um jornal que publique notícias boas?

— Esta cidade não teria uma estação de rádio?

— Isso tem. É a Rádio Educadora. Foi inaugurada há menos de um mês pelo Zequinha Areia Mijada...

— Como é o nome do sujeito?

— Zequinha Areia Mijada.

Vovô levantou-se e cravou com força a mão no ombro do garçom.

— Começo a achar que esta é a cidade dos engraçadinhos e que você também está a fim de debochar da minha cara.

— O concidadão está redondamente enganado – respondeu o garçom, sempre falando muito depressa. – O nome artístico do proprietário da emissora local é esse mesmo. Não lhe conheço o nome de batismo. Mas devo explicar que a Rádio Educadora não é dessas emissoras que a gente escuta em aparelho. Não! Em verdade, ela só funciona no âmbito da praça. Possui quatro alto-falantes pendurados em postes estrategicamente distribuídos...

— Onde foi que o homem arranjou esse nome? – perguntou meu avô, soltando o garçom.

— Não é homem. É um rapazinho, o Zequinha. O Areia Mijada vem da cara dele, que anda meio esburacada pelas espinhas. O concidadão, por acaso, já fez xixi na areia da praia? Pois é. Zequinha é um piá metido a inventor. Espertíssimo, é capaz de ensinar rato a subir de costas em garrafa...

— Onde mora esse tal Zequinha? – vovô cortou o discurso frenético.

— Na casa verde ao lado da Farmácia Dodói.

A MÚSICA É A ISCA DA AUDIÊNCIA

Deixando o restaurante, voltamos a cair na fornalha que era aquele dia.

Sem cruzar com ninguém, chegamos à casa indicada pelo garçom. Pendurada no portão lateral, uma placa de cartolina informava que por ali se chegava à Rádio Educadora.

Penetramos em um corredor estreito que nos levou a um pátio amplo, ao fundo do qual havia uma garagem. Por cima da porta escancarada da garagem, outra placa de cartolina confirmava que ali funcionava mesmo a emissora de Capim Grosso.

O centro da garagem era ocupado por um esqueleto de ferro que devia ter sido um automóvel. Prateleiras cobriam as paredes em volta, do chão ao teto. Ferros retorcidos, maçarocas de fios elétricos, latas de todos os tipos e tamanhos, caixas, caixinhas e caixotes de papelão ou de madeira, vasos com e sem flores, pilhas de jornais velhos, bibelôs degolados, tocos de vela, ferraduras e cordas atulhavam as prateleiras.

– Isso aqui deve ser o depósito de lixo da cidade – disse vovô e bateu palmas.

Imediatamente, uma cabeça emergiu do ventre da carcaça do automóvel.

Assustados, vovô e eu recuamos.

A cabeça pertencia a um garoto loiro, cujas bochechas pareciam um pedaço de queijo roído por rato.

– Eu sou o José Luís Souza. – O garoto estendeu uma mão suja de graxa para vô Severo. – Inventor e radialista, às suas ordens.

Fazendo cara de nojo, vovô escondeu a mão atrás das costas.

– Eu gostaria de colocar um anúncio na sua emissora.

– Se me pagam, faço propaganda até do capeta. – A voz do adolescente se alternava entre graves e agudos. – Fundei a rádio há apenas um mês e já estou faturando bem. Com a prata que está entrando, restaurarei este automóvel.

– Vou redigir o anúncio. – Vô Severo retirou do bolso do paletó uma caneta e um caderninho.

O garoto era bem mais alto do que eu. Calculei que teria no máximo uns quinze anos. Sorrindo para mim, ele bateu com a mão aberta no capô do carro.

– Vou montar esta fubica, peça por peça. É um Studebaker 1947. Uma coisa é certa: um dia ele vai rodar por Capim Grosso. Nem que seja arrastado por um burro.

Lembrando que gaguejara na barbearia, perguntei:
— Você é inv-ventor me-mesmo?
— Sim. Já construí focinheiras para cachorros brabos e algemas para vacas fujonas. Com o dinheiro que ganhei com essas invenções, montei a estação de rádio.

Eu estava simplesmente fascinado. Como podia aquele garoto ser tão esperto?
— E você? — me perguntou ele. — O que faz da vida?

Quase respondi que iria estudar Engenharia Eletrônica, mas fiquei com medo de que ele me fuzilasse com perguntas que eu não saberia responder.
— Po-poemas — respondi em voz baixa para que vovô não me ouvisse. — Escrever p-poemas é co-como montar um aut-tomóvel com pe-peças usadas. As p-palavras são as minhas pe-peças.

O garoto ficou visivelmente espantado com minha resposta.

Antes que ele pudesse dizer algo, meu avô estendeu-lhe uma folhinha manuscrita.
— Veicule este anúncio imediatamente!
— Calma, chefe! A rádio só começa a funcionar às cinco da tarde. E vai até às sete. Entre uma música e outra, eu enfio uma notícia ou um anúncio. A música é a isca da audiência. Fique tranquilo. Quem anuncia na minha rádio vende.

A PERGUNTA DO MANDRAKE

Deixando a Rádio Educadora, nos encaminhamos ao hotel. Lá, na porta, vovô me deu uma ordem em voz baixa.
— Você tem uma importante missão a cumprir. Vá até o posto da Companhia Telefônica. Chegando lá, peça o catálogo telefônico de Porto Alegre. Descubra o número do aeroporto e ligue. Quando atenderem, diga em voz alta o seguinte: "Meu tio

exige que o avião dele seja consertado imediatamente". Fale só isso e desligue.

Pensei em me recusar a obedecer, mas acabei pegando o dinheiro que meu avô me deu. No fundo, eu estava curioso para descobrir a trapaça que ele pretendia aplicar.

Na empresa de telefonia, atendeu-me uma mocinha sonolenta. Peguei o catálogo de Porto Alegre e nele localizei o número do aeroporto. Entrei para a cabine, tendo o cuidado de deixar a porta aberta, e liguei. Quando alguém disse "alô", voltei a gaguejar.

– Meu ti-tio exige que o avi-vião dele s-seja con-consertado imediatamente!

Quando fui pagar a ligação, a telefonista me interrogou.

– Seu tio tem avião? É aeromodelo?

Como já havia incorporado a gagueira ao personagem que estava vivendo, respondi sem vacilar.

– Ná-não. É um ba-baita aviãozão a j-jato.

De novo na rua, ao passar pela Rádio Educadora, pensei que, se morasse naquela cidade, pediria um emprego ao Zequinha. Poderia então recitar os poemas que escrevesse. Com o tempo, com o treino, certamente minha voz ficaria tão aveludada quanto...

Senti então uma bruta saudade de meu pai. Lembrei do vozeirão dele recitando meus poemas de amor. Papai era um homem simples e tranquilo. Bastava um estúdio de rádio para fazê-lo feliz. Já o pai dele, meu avô Severo, era um sujeito complicado e inquieto. E ali estava eu, ao lado dele, metido em uma perigosa aventura. Pensando bem, eu não tinha espírito aventureiro. Não, aquele negócio de dar golpes não era comigo. Eu preferia a poesia, como meu pai.

De volta ao hotel, decidido a pedir demissão do cargo de auxiliar de vigarista, bati na porta do quarto 14. Mas meu avô não me atendeu. Concluí que talvez estivesse sesteando.

Fui para meu quarto e abri um gibi do Mandrake. Mal comecei a ler, o sono tomou conta de mim. Bocejei. O ar de Capim Grosso devia ter propriedades soníferas. Mandrake saltou da página sobre a cama e me perguntou, irônico:

— Você acha que essa aventura vai acabar bem?

Não consegui responder. Resvalei para o sono com o gibi nas mãos.

Acordei sobressaltado, com a impressão de ter dormido uma noite inteira. Levantei-me e escancarei a janela.

UM PERSONAGEM CONVINCENTEMENTE TOLO

Entardecia.

Ao longe, o sol vermelho se escondia por trás de um morro.

Muita gente passeava pela praça. Os bancos estavam ocupados por rapazes. Incontáveis grupos de mocinhas circulavam pelas calçadas. Os rapazes fingiam que não viam as garotas, e elas faziam de conta que eles não existiam.

Aquele era o estranho jeito de paquerar em Capim Grosso.

Quando um grupo de garotas passou perto de minha janela, tentei descobrir qual era a mais bonita. Foi nesse momento que escutei uns estalidos semelhantes a pequenas descargas elétricas. O som saía de alto-falantes pendurados em postes na praça. A Rádio Educadora estava entrando no ar. Ouvi então a voz flauteada do Zequinha:

— Senhoras e senhores, prezados ouvintes, distintos conterrâneos, neste exato momento começamos nossa transmissão de hoje.

Depois de uma música, ele retornou ao microfone.

— Muita atenção! Daqui a pouco vamos divulgar um importante anúncio. Trata-se de valiosíssima informação que interessa a todos os empresários de nossa cidade... E agora, com vocês, Teixeirinha cantando "Coração de luto".

Zequinha era mesmo um garoto esperto. A fim de atrair a atenção dos ouvintes, estava criando um suspense em torno do anúncio de vô Severo.

Fechei a janela e fui ao quarto de vovô.

Mal bati, ele abriu a porta. Sem óculos, sem a falsa barriga e sem os sapatos de salto alto, era de novo o meu verdadeiro avô. Puxou-me rapidamente para dentro do quarto e bateu a porta com força.

– De que trata o seu anúncio, vô?
– Espere para ouvir o que dirá o locutor.
– Mas eu queria saber antes!
– Curiosidade demais atrapalha.
– O senhor não confia em mim?

— Confio desconfiando. Você é jovem e inexperiente. Pode bater com a língua nos dentes.

Lembrando que antes de sestear havia pensado em pedir meu desligamento da função de ajudante de golpista, fiz uma ameaça.

— Se o senhor não confia em mim, salto fora do trambique.

— Se quiser, pode saltar fora, mas não hoje. O último ônibus para Pelotas saiu às cinco horas.

Fui até a janela, que estava entreaberta. Concentrei meu olhar nos rapazes que estavam na praça. Certamente nenhum deles, naquele momento, estava sendo consumido por um dilema moral tão grave quanto o meu. Aqueles garotões só queriam namorar num entardecer calorento. Eu sofria por estar sendo empurrado a praticar um delito. Empurrado por quem? Pelo meu próprio avô.

Vovô deu-me um tapa nas costas.

— Calma, meu *rapaix*. Você podia *serr menoix* tenso.

Resolvi criticar seu modo de falar.

— Enquanto estamos a sós, o senhor não precisa chiar como uma chaleira.

— Preciso, sim, Candinho. É para me *acoixtumarr* com o sotaque. *Aliáix, porr falarr* nisso, você já inventou um jeito diferente de *falarr*?

— Sim. Estou gaguejando desde que chegamos aqui.

— Ótimo! A *tartamudeix* fará de você um *perrsonagem* convincentemente tolo.

Aquela expressão – personagem convincentemente tolo – foi demais para minha paciência. Sentindo-me humilhado, dei as costas e fui para o meu quarto.

Parado diante da janela aberta, observando o namoricar dos jovens de Capim Grosso, aguardei pacientemente a leitura do anúncio, que foi feita pelo Zequinha às seis horas em ponto.

— Atenção, capitalistas de Capim Grosso! Encontra-se em nossa cidade, hospedado no Oriente Médio Hotel, o doutor Demenciano Piancó de Uruburetama, megaempresário, controlador de várias empresas industriais, comerciais e da área financeira. Ele veio até nossa pujante cidade a fim de atrair parceiros para a realização de um lucrativo projeto agropecuário na Amazônia. A partir de amanhã, o doutor Demenciano receberá os interessados em investir naquela fabulosamente rica região. Não perca esta rara oportunidade de ganhar muito dinheiro!

QUANDO A ESMOLA É DEMAIS, O POBRE DESCONFIA

Bateram à porta de meu quarto.
Abri. Era o doutor Demenciano.

– *Vamoix*, sobrinho. *Precisamoix colherr* os *frutoix* que *plantamoix* desde nossa chegada.

Saímos à rua. O calor diminuíra bastante.

Caminhando lentamente, cabeça em pé, queixo erguido, mãos às costas, meu avô me fez dar duas voltas em torno da praça apinhada de gente. A cidade inteira parecia estar reunida ali.

Fomos observados atentamente ao longo daquele passeio pelos homens reunidos nas portas dos bares e pelas mulheres às janelas de suas casas. Rapazes e meninos olhavam para mim com curiosidade e inveja.

– Engoliram a isca – sussurrou vô Severo. – Todos já sabem que sou rico e prepotente. Rico porque distribuí gorjetas estratosféricas, prepotente porque encrenquei com muita gente. No fundo, no fundo, todos eles querem ganhar dinheiro às minhas custas. Querem me passar a perna. Mas, como diz o ditado, os que vierem buscar minha lã sairão tosquiados.

Sofrendo com tantos olhares em cima de nós, implorei:
– Vamos voltar ao hotel!

Sem dar bola para mim, meu avô discursou:

— Numa cidade sem jornal, todos são repórteres. Sabem que estivemos na barbearia, no restaurante e na rádio. Ouviram falar das gorjetas. Já foram informados da sua ligação para o aeroporto de Porto Alegre...

— Será que não vão desconfiar de nós?

— Não. A ganância deixa as pessoas cegas e surdas.

De repente, saído do nada, um homem muito alto parou à nossa frente.

— O senhor é, por acaso, o doutor Demenciano?

— Por acaso, sou – disse vovô, ríspido. – E daí?

— Acontece que eu ouvi o anúncio da rádio e decidi me antecipar...

— Como disse o anúncio, só receberei os investidores a partir de amanhã. – Vô Severo puxou-me pelo braço e arrancou a passos largos. – Passe bem!

O sujeito ficou plantado na calçada, apalermado.

— Esse aí deve ser um pé-rapado golpista – sussurrou meu avô. – A pior ovelha é a que berra primeiro. Só os pobretões se oferecem assim. Os ricos são mais espertos. É preciso tirá-los da toca.

Na porta do hotel, Ibrahim e um homem muito magro nos aguardavam.

— Boa tarde, doutor Demenciano! – disse o magricelo. – Permita que eu me apresente. Sou Florêncio da Figueira Rosa, o prefeito desta cidade.

O prefeito apanhou a mão direita de meu avô e a sacudiu vigorosamente.

— Ao ouvir seu maravilhoso anúncio, decidi convidar os principais empresários da cidade para um churrasco amanhã, ao meio-dia, na minha casa. Será uma ótima oportunidade para que o senhor apresente o seu projeto amazônico. Que lhe parece?

— Agradeço seu convite, mas o dispenso. – Vovô retirou a mão com um movimento brusco. – Políticos não gozam de boa fama em nenhum lugar do mundo. Aqui não deve ser diferente.

— Calma, doutor Demenciano! Aqui em Capim Grosso ninguém confunde cédulas de votação com cédulas do Banco Central. Política é uma coisa, dinheiro é outra, bem mais importante.

— Quantas pessoas participariam desse almoço? — perguntou meu avô, fingindo-se desinteressado.

— Umas vinte. A elite local. Só gente com saldo no banco.

— Faça o churrasco — disse vô Severo e virou as costas ao prefeito.

Subimos para o segundo andar.

— Será que o churrasco vai facilitar as coisas? — perguntei.

— Não sei — disse vovô, pensativo. — Quando a esmola é demais, o pobre desconfia.

BELHO MALUCA DEFUNTOU NA HOTEL

No dia seguinte, despertei em meio a um terrível pesadelo. Vovô estava sendo julgado num tribunal, e a liberdade dele dependia apenas da minha palavra. O juiz me perguntou: "Culpado ou inocente?". Eu pretendia responder "inocente", mas quando abri os lábios a palavra "culpado" voou da minha garganta.

Acordei com a testa molhada de suor. Saltei da cama e, ainda de pijama, corri ao quarto do meu avô. Bati várias vezes, mas não fui atendido. Certamente ele havia acordado mais cedo e descido para tomar café.

Voltei ao meu quarto, me vesti às pressas e fui à sala do café. Como vô Severo não estava lá, interroguei Ibrahim.

— O s-senho-nhor viu meu ti-tio?

— *Belho não dezeu bru café.*

— Como na-não de-desceu? B-bati no q-quarto e ele na-não at-tendeu!

O hoteleiro arregalou os olhos.

— *Vai vê que belho maluca defuntou na hotel da Ibrahim!*

Assustado, subi a escada pulando de três em três degraus. Teria mesmo meu avô falecido? Ele não costumava acordar tarde. Só podia estar doente. Aquele pesadelo não teria sido um aviso?

Com as mãos fechadas, joguei-me contra a porta.

BLAM!

— Que bagunça é essa? — ecoou uma que voz que chiava. — Não se pode *maix* dormir em *paix*?

Vovô abriu uma fresta, olhou-me e de imediato bateu a porta na minha cara.

Ao meu lado, Ibrahim girou o indicador na fronte.

— *Belho isquizita! Guazi quebra borta.*

Sem retrucar ao hoteleiro, fui para meu quarto. Bem mais tranquilo, porque sabia que meu avô estava vivo.

Pouco depois, como estava com fome, desci para o desjejum. O café era o típico Seis *Efes* – fedorento, frio, fraco e com formigas fofocando no fundo. O pão era praticamente um tijolo, e a manteiga estava azeda. A fruta era uma só, banana, e estava verde.

Depois de comer aquilo, decidi dar um passeio. Ainda estava chateado com meu avô. Por que batera a porta na minha cara? Teria algo dado errado no plano dele?

De volta ao hotel, fui direto ao 14. Nem precisei bater. Vô Severo abriu a porta e me puxou para dentro.

— Por que há pouco bateu a porta na minha cara? – perguntei.

— Porque eu estava sem os disfarces e o turco estava atrás de ti! Por que trouxeste ele até aqui?

— Não notei que tinha vindo atrás de mim. Imaginei que o senhor estava passando mal. Por que não abriu quando eu bati mais cedo?

— Porque estava ferrado no sono. Passei a noite em claro, preparando meu discurso...

— Discurso?

— Sim. O discurso é a peça central do golpe que vamos aplicar. É um texto que visa enfeitiçar os gananciosos desta cidade... Durante a madrugada, treinei a leitura diante do espelho, ensaiei uns gestos teatrais. Um golpista precisa ser um bom ator.

NÃO ECONOMIZEM AS DENTADURAS!

Pouco antes do meio-dia, voltei ao quarto do meu avô.
— Está na hora. Vamos indo?
— Ainda não, Candinho. Enquanto não chegarmos lá, eles ficarão bebericando. E quem bebe de barriga vazia logo fica tonto. Ou seja, apatetado.

Acabamos chegando à casa do prefeito só à uma da tarde.

Em torno de uma mesa enorme estavam sentados dezenove homens e uma só mulher. Não vi um rosto que aparentasse ter menos de setenta anos.

De nariz levantado, vô Severo fez uma volta em torno da mesa, apertando displicentemente as mãos que lhe estendiam. No rosto, exibia uma expressão de tédio, como que se perguntando: o que estou fazendo aqui no meio de tanta gente insignificante?

Todos estavam de bochechas vermelhas. Certamente tinham se excedido nos aperitivos.

— Desculpem-me pelo atraso — disse vovô em voz alta.

Sentou-se e ficou de olhos fechados por um bom tempo. Depois, pescou no bolso do paletó duas folhas de papel dobradas.

— Senhoras e senhores, apresentarei agora o maravilhoso projeto de investimento que tenho a oferecer a vocês...

— Calma, meu amigo! — interrompeu o prefeito. — Antes, vamos comer. Discutir negócios de pança cheia é mais proveitoso.

Surgiram três homens vestidos à gaúcha — camisa branca de colarinho aberto, lenço vermelho no pescoço e largas bombachas pretas – penando sob o peso de enormes espetos de carne assada. Em cada espeto havia seguramente meio boi gordo.

– Caiam matando! – gritou o prefeito. – Não economizem as dentaduras!

Começou a comilança. Ninguém ali parecia estar de dieta. Serviram-me uma porção enorme, que escapava pelas bordas do prato. Baixei a cabeça e comecei a devorar, sem mastigar direito, grandes nacos de carne sangrenta e gordurosa. Havia mais de mês eu sonhava com um churrasco como aquele.

Lá pelas tantas, procurei meu avô com os olhos. Sentado numa das cabeceiras da mesa, ele olhava enojado para uma lasca de carne que tinha na ponta do garfo. Continuava a desempenhar o papel de ricaço esnobe.

Garrafas de cerveja eram destampadas e esvaziadas. Ao pedir um guaraná, notei que só meu avô e eu estávamos no refrigerante.

A FACE MONSTRUOSA DO PROGRESSO

Ao final da comezaina, meu avô se levantou e, com sua voz grave e rouca, leu o discurso.

Empresários de Capim Grosso!
É com orgulho que me encontro nesta valorosa cidade.
Quando pequeno, escutei meu bisavô Tonho Uruburetama contar as façanhas dos moradores deste município durante a Guerra do Paraguai. Ferido em combate, meu bisavô foi muito bem tratado pelo povo daqui. Recuperado, ele voltou para o Norte e nunca parou de falar com carinho de Capim Grosso.
Mas não vim aqui tratar de um passado heroico. Vim falar de um futuro brilhante.
Um mês atrás, estava eu em Paris, visitando a sede da Organização

das Nações Unidas, quando tomei conhecimento de uma pesquisa que avaliou mundialmente o Índice de Qualidade da Vida Humana (IQVH).

Sabem, vocês, qual é a cidade com o maior IQVH do planeta?

Capim Grosso!

Meu bisavô Tonho me dizia que Capim Grosso era o paraíso. A pesquisa da ONU o comprovou.

Capim Grosso obteve nota dez pela pureza do seu ar e pela limpidez de sua água.

Capim Grosso obteve nota dez em segurança, porque há mais de vinte anos não se registra aqui um acidente de trânsito ou um roubo.

Capim Grosso obteve nota dez em comunicação social, porque não possui um só jornal. Informação demais aperreia os cidadãos.

Felizmente, essa pesquisa ainda está sendo mantida em segredo. Mas, quando for divulgada, milhares de pessoas que vivem nas grandes cidades – caóticas e violentas – correrão para cá.

Aí, Capim Grosso terá sérios problemas.

Aventureiros trarão para cá os males do mundo moderno.

Será o caos!

Mas eu tenho uma alternativa para os que querem evitar o choque com a face monstruosa do progresso.

Uma retirada estratégica!

Vamos para o Norte!

Estou aqui para oferecer a vocês, por preço simbólico, latifúndios na fantástica Amazônia.

Não estou sugerindo que vendam suas terras aqui, porque elas serão muito valorizadas em breve.

Estou sugerindo apenas que comprem propriedades, a preço de banana, no Norte.

Como tive essa ideia?

Eu estava em Manaus quando descobri que o empresário norte-americano Sam Smith estava vendendo a área de dois bilhões de hectares, onde tentou implantar – sem sucesso – o seu projeto de criar *animais em extinção, como o canguru-panda, a rena-jamaicana e o gorila-dos-Alpes.*

Imediatamente, comprei as terras dele.

Agora, ao perceber que a boa notícia do IQVH representa uma ameaça para Capim Grosso, eu decidi ajudar o povo desta cidade.

Por quê?

Porque minha família tem uma dívida com esta cidade. Meu bisavô ferido na Guerra do Paraguai foi salvo pelos capim-grossenses.

Ordenei então a meus agrônomos e advogados que elaborassem um projeto para instalar os capim-grossenses no solo amazônico. E nasceu o Projeto Demenciano para a Exploração Racional da Região Amazônica (Proderra).

O Proderra será formado por vinte fazendas de cem mil hectares cada uma.

Considerando apenas o alto valor das árvores daquelas terras, o investidor ficará milionário se derrubar suas matas.

Este é o excelente negócio que proponho a vocês.

Como participar dele?

Dando apenas um mísero sinal em dinheiro.

Certo de que os senhores embarcarão comigo nesta majestosa aventura, agradeço desde já.

Não se preocupem com os recursos para o desmatamento das fazendas. O BDOB vai financiar tudo, a juro zero.

PARA NÃO GASTAR OS FUNDILHOS DAS CALÇAS

Ao fim do discurso, vovô foi discretamente aplaudido. Os capitalistas de Capim Grosso eram cautelosos. Estavam interessados em ganhar dinheiro fácil, mas também tinham alguma desconfiança em relação àquela história.

Mal meu avô se sentou, a única senhora presente, uma idosa de cabelos brancos como neve, levantou-se. Vestida de preto dos pés à cabeça, ela ostentava em volta do pescoço uma corrente de ouro grossa como corda de navio e exibia nos dedos dezenas de anéis faiscantes.

— Sinceramente, doutor Demenciano, não vejo motivo para enterrar meu dinheiro no meio do mato.

O prefeito inclinou-se para meu avô e informou em voz baixa:

— É a viúva Fortunata Jaguariúna. É podre de rica, mas completamente mesquinha. Não descasca as batatas para não jogar as cascas no lixo.

Vovô sorriu para a velhota.

— Dona Fortunata, a senhora não gastará um só centavo na sua nova fazenda. Ela será totalmente financiada pelo BDOB. Se quiser fazer caixa logo, a senhora poderá botar fogo na mata para revender a terra nua com um lucro bárbaro.

— Mas eu não ganharei mais se vender minhas terras quando Capim Grosso ficar famosa?

— A senhora ganhará muito dinheiro aqui, sim — confirmou vovô. — Mas por que não ganhar ainda mais na Amazônia?

Sentou-se a viúva e levantou-se um velhote magro e alto, cuja barba branca, imensa, cobria-lhe metade do peito.

De novo, o prefeito informou ao meu avô:

— Major Sizenando Ibirapuitã, fazendeiro riquíssimo, fez fortuna contrabandeando. Enganava fiscais alfandegários do Brasil e do Uruguai. É pão-duro uma barbaridade! Em casa, anda vestido só de cuecas para não gastar os fundilhos das calças.

Depois de um longo pigarro, o major Sizenando acionou seu vozeirão.

— Doutor Demenciano, por acaso seu bisavô lhe falou de uma moça chamada Lindonalva, que vivia aqui em Capim Grosso?

— Claro!

— Lindonalva era minha bisavó!

— Meu bisavô se apaixonou por uma moça da família que o alojou aqui. Foi amor recíproco, mas a menina estava comprometida com outro rapaz. Meu bisavô retornou ao Norte levando consigo o fogo dessa paixão. Já muito velho, após a morte da esposa, decidiu voltar ao Sul para rever sua amada. Mas morreu quando montava no cavalo para reencontrar Lindonalva...

Houve um longo silêncio. O relato daquela antiga paixão comovera todos os que estavam no local.

AVARENTO, MÃO-DE-VACA, SOVINA

O terceiro a pedir a palavra foi um senhor muito idoso, encurvado.

— Esse aí é o advogado Mansueto Dias de Guerra — anunciou o prefeito. — O apelido dele é Mansueto Dias de São Nunca, porque ele jamais quita suas contas. Conta antiga ele se recusa a pagar e conta nova ele deixa envelhecer. Só leva a mão ao bolso para guardar dinheiro, nunca para tirar. Tem mais de cem anos e durante esse tempo só economizou.

Apoiado em sua bengala, o ancião se ergueu e falou com voz trêmida.

— Seja sincero, doutor Demenciano! Além da ligação do seu bisavô com a nossa terra, o senhor teria outro motivo, um motivo secreto, para vir a Capim Grosso?

Vovô abriu um largo sorriso.

— O senhor vê longe, doutor Mansueto! Sua pergunta me obriga a fazer uma confissão. Sou um estudioso da economia. Desenvolvi uma teoria científica chamada Economismo. Segundo essa teoria, o empresário de maior sucesso não é aquele que obtém os maiores lucros com seus investimentos. Não! Empresário bem-sucedido é aquele que gasta menos. Entre os empresários gaúchos, os capim-grossenses são os que mais se destacam no campo do Economismo. Esse é motivo principal, e secreto, da minha viagem até aqui.

Após aquela resposta, descontraíram-se os rostos. Todos haviam concluído que o doutor Demenciano era igual a eles: um avarento, um mão-de-vaca, um sovina.

Vovô consultou o relógio e se pôs de pé.

– Preciso ir ao hotel para despachar assuntos urgentes. Deixo aqui o meu sobrinho, Facundo.

Vô Severo sacudiu no ar um grande envelope pardo.

– Aqui estão, assinados por mim, os recibos dos adiantamentos para o Proderra. Quem quiser participar, entregue um cheque a este simpático rapazinho. Obrigado.

Abaixando-se, vovô murmurou ao meu ouvido.

– Pegue os cheques e vá direto ao hotel.

Permaneci sentado, chumbado à cadeira, imóvel, enquanto os capim-grossenses trocavam impressões sobre aquele fabuloso projeto amazônico.

O primeiro a me entregar um cheque foi o doutor Mansueto, que comentou:

– Acho que teu tio está tapado de razão, guri. Precisamos tomar conta da Amazônia antes que os gringos invadam aquilo lá.

UM GAROTO COM CARA DE BUNDÃO

Deixei a casa do prefeito apertando no sovaco o envelope com os cheques.

No trajeto até o hotel, eu me sentia o mais desprezível dos ladrões. O suor salgado me entrava dolorosamente pelos olhos. Tinha ganas de jogar aquele envelope em uma lixeira. Mas não havia lixeiras em Capim Grosso.

Se não tivesse inventado aquela história sobre Engenharia Eletrônica, eu ainda seria um inocente garoto morando com sua mãe.

Quando passei pela portaria, Ibrahim interrompeu seu ronco para me interrogar.

– *Guri tá muito bálido! Bur acazo, viu vantasma, azombração?*
Não respondi.

Subi as escadas de três em três degraus, entrei no quarto de vovô e joguei o envelope em cima da cama.

– Que bonito papel, hein? O senhor me deixou sozinho no momento mais perigoso. Não conte comigo para mais nada!

Enquanto abria o envelope, vovô perguntou:

– Como foi? Caíram todos?

– Sim. Compraram as vinte fazendas.

– Ótimo!

– Vou para o meu quarto descansar – eu disse e tentei me encaminhar para a porta.

Meu avô me agarrou pelo pulso.

– Você iria se eu permitisse...

Depois, consultando o relógio, acrescentou:

– São duas horas e trinta minutos. Vá agora à agência bancária trocar estes cheques por dinheiro. Depois, siga direto para o bar da Rodoviária. Estarei lá esperando...

– O quê? – estrilei. – O senhor deve estar maluco! Não vou me arriscar de novo. Estou fora!

– Não vamos brigar agora. Diz o ditado: "Brigam os ladrões, descobrem-se os roubos". Se te deixei na casa do prefeito foi porque ninguém ia desconfiar de um garoto com cara de bundão, como tu.

– Eu não tenho cara de...

– Tem, Candinho. Tens tanta cara de bundão que, no banco, vão te entregar o dinheiro sem maiores problemas. Porém, se eu fosse lá, desconfiariam de mim.

Vovô conduziu-me à porta.

– Chegamos à reta final, Candinho! Logo, logo, estaremos em Montevidéu.

PRESSA PARA IR A UM BANHEIRO

Pensei em entrar no meu quarto e ficar por lá.
Não, não, o melhor era acabar logo com aquele pesadelo. Suspirei fundo e desci a escada.

Na recepção, Ibrahim ronronava como um gato.

Na rua abrasada pelo sol, voltei a suar abundantemente.

Senti um grande alívio ao entrar na agência bancária, porque o ar-condicionado estava ligado no máximo. Havia um só guichê e o rapaz que estava por trás dele dormia.

Bati no balcão. O rapaz abriu os olhos e falou em voz baixa.

– Pode repetir? Eu não escutei bem a sua pergunta.

– Não p-perguntei na-nada. Q-quero receber estes che-che-ques.

— Vai depositar o dinheiro aqui ou vai remeter para outra agência? — perguntou ele enquanto somava o valor dos cheques na calculadora.

— Q-quero di-dinheiro v-vivo.

— Sei quem tu és — disse o caixa. — És o sobrinho do barrigudo que veio fazer negócios aqui. Por que teu tio não abre uma conta na nossa agência? Será que ele acha que somos desonestos?

— Meu ti-io p-precisa de di-inheiro v-vivo!

— Não sabes que é perigoso andar com dinheiro pela rua?

— Estou com pre-pressa!

— Pressa para quê?

— P-para ir a um ba-banhe-nheiro — confessei.

As fortes emoções daquele dia haviam mexido com meu estômago.

— Pode usar o nosso. — O rapaz apontou para uma porta, onde se lia: WC. — Enquanto isso eu peço ao gerente que apanhe o dinheiro na tesouraria.

Corri ao banheiro.

Quando voltei ao caixa, o rapaz tinha a seu lado um homem de uns cinquenta anos, enfiado em um terno branco. O sujeito observou-me com os olhos inchados de quem recém havia acordado e anunciou:

— Sou Praxedes, o gerente. Para que teu tio precisa de tanto dinheiro?

— P-para pa-pagar o me-mec-cânico.

— Que mecânico? — As sobrancelhas do gerente ergueram-se, desconfiadas. — Vocês não vieram de carro!

— O me-mecânico do avi-avião — completei. — O avi-vião que está em P-porto Ale-legre.

— Ah, ouvi falar nesse avião. — O gerente virou-me as costas. — Pode pagar ao moleque, Ambrósio.

Deixei a agência agarrado a um pacote que tinha o tamanho exato de um tijolo.

ISOLAR CAPIM GROSSO DO RESTO DO UNIVERSO

Quando entrei na Rodoviária, o relógio de parede anunciava que faltavam cinco minutos para as três horas.

Meu avô, que estava tomando cafezinho em uma mesa, me fez um sinal. Fui até lá e me sentei. Sem se voltar para mim, vovô abriu uma pasta de couro. Entendi o que devia fazer. Coloquei o dinheiro dentro da pasta.

Vovô mantinha os olhos voltados para o relógio. Quando faltavam dois minutos para as três horas, ele se levantou e foi até o guichê. Fui atrás dele.

– Quero duas passagens para Pelotas – disse vô Severo em voz alta.

– Só temos uma! – respondeu a bilheteira.

Era uma mulherinha antipática que parecia feliz por não ter os dois bilhetes.

– Pois me dê essa uma – retrucou meu avô.

A atendente apontou com o queixo para mim.

– O senhor não está pensando em levar esse marmanjo no seu colo, está?

Achei que tínhamos chegado ao fim da linha. O golpe iria fracassar por um detalhe ridículo: a falta de um assento no ônibus.

– O que lhe interessa saber se eu vou levar o pirralho no colo ou no bolso? Ele é meu sobrinho, e eu o coloco onde bem quiser.

– Eu só tenho uma passagem – desafiante, a mulher encarava meu avô. – Ou viaja o senhor, ou viaja o moleque. Escolha!

Meu avô cruzou os braços diante do peito, enfiou a cara dentro da bilheteria e falou em voz baixa.

– Você já ouviu falar de mim. Sabe, portanto, que sou milionário. Se não me deixar levar o garoto, compro esta empresa de ônibus só para ter o prazer de demiti-la. Depois, fecho a empresa para isolar Capim Grosso do resto do universo. Sacou, sua bruxa?

A bilheteira piscou. Não gostaria de perder aquele emprego. Se ficasse desempregada, poderia levar uma década para conseguir outro trabalho naquela pequena cidade. Mas, como era uma mulher cabeça-dura, resolveu encrencar mais um pouco.

– O caso é o seguinte: na nossa empresa, só viajam no colo crianças com menos de seis anos.

– Ótimo! Meu sobrinho tem cinco aninhos.

– Desse tamanhão?

– O pai dele é jogador de basquete, mede dois metros e meio.

Vovô soltou o dinheiro e arrancou o bilhete da mão da mulher, que, atordoada, não esboçou reação.

MUITAS PISTAS OBVIAMENTE FALSAS

Embarcamos num ônibus ainda mais velho do que o que nos trouxera de Pelotas.

A viagem de volta foi bem pior. O dia estava mais quente, os buracos haviam se aprofundado, as curvas eram mais fechadas que as da vinda e a poeira estava ainda mais sufocante.

Além disso, fui obrigado a viajar no colo de meu avô.

Nunca me senti tão ridículo quanto naquele dia. No nosso banco, ao lado do meu avô, sentou-se uma jovem senhora com um bebê que simpatizou comigo e passou o tempo todo tentando puxar conversa:

– Gugu, dadá, bilu!

Para não me rebaixar a um diálogo sem sentido, fechei os olhos.

Mesmo com as pernas apertadas contra o banco da frente, eu me sentia razoavelmente confortável, porque a barriga postiça de vovô certamente era mais fofa que o banco do ônibus.

Depois de uma grande tensão, vem o relaxamento. Foi o que aconteceu. Caí no sono.

Acordei sobressaltado em meio a um pesadelo em que duas cobras se enroscavam em meus pulsos e se transformavam em algemas.

O ônibus estava entrando na cidade de Pelotas.

A jovem mãe descera com o seu bebê e eu estava sentado no lugar que ela ocupara.

– Parece que nos demos bem, Candinho – disse vovô, reassumindo sua verdadeira voz.

– Não vejo motivo para comemoração! Estou com pena das pessoas que o senhor enganou.

– Enganei, sim, mas espalhei muitas pistas obviamente falsas para que elas pudessem perceber que estavam sendo enganadas. Lembras dos animais em extinção?

– Sim. Na hora, estranhei aqueles bichos. Nunca ouvi falar de nenhum deles. Mas estava nervoso demais para raciocinar.

– Lembras que eu disse que a sede da ONU é em Paris?

– Sim.

– Pois ela fica em Nova Iorque.

– Que outras pistas o senhor deu a eles?

– O nome que escolhi para mim era sintomático: Demenciano. Só um tolo se inscreve num projeto chefiado por um sujeito com nome de doido. O próprio nome do projeto já era uma dica. Proderra: Projeto que Dará Errado. Por fim, tem o BDOB, que é o Banco dos Otários do Brasil.

– Realmente o senhor deu boas chances a eles – admiti. – Mas por que nenhum deles percebeu o golpe?

– Porque a ambição desmedida os emburreceu.

O POBREZINHO É MEIO BURRINHO

Fomos os últimos a desembarcar na Rodoviária de Pelotas. Mal metemos o pé na calçada, fomos cercados por um bando barulhento. No primeiro momento, achei que fossem alegres velhinhos prestes a embarcar em uma excursão.

Não! Não iam fazer uma excursão e estavam furiosos!

Encarei os vários homens e a mulher. Reconheci todos. Eram integrantes do grupo que nós havíamos enganado em Capim Grosso.

Quando eu ia simular um desmaio, a falsa voz do meu avô explodiu, mais entusiasmada que nunca.

– Que tremenda coincidência! Como é que *viemoix* no *meixmo ônibuix e nem noix vimoix?*

– Não nos vimos porque nós não viemos de ônibus – disse o major Sizenando, mordendo as palavras. – Viemos na minha caminhonete.

– Se soubesse que vocês viriam a Pelotas, eu teria pedido carona – disse vovô. – Economizaria a passagem e viríamos conversando. Esse ônibus, amigos, só deveria trabalhar na linha que leva pecadores ao inferno.

– Por falar em pecadores, temos algumas perguntinhas a fazer ao senhor – disse o prefeito, ameaçador. – Por que o senhor saiu às pressas da nossa cidade?

– Por causa de negócios urgentes. Não pude nem me despedir. Na próxima vez, fico mais tempo... Mas não vamos continuar conversando em pé. Os senhores devem estar com fome. Vamos a um restaurante.

Vô Severo virou-se para mim e piscou um olho.

– Facundo, estou indo agora mesmo com os nossos amigos para o restaurante do Grande Hotel. Fique aqui esperando o motorista desembarcar nossas malas...

– Seu sobrinho não precisa esperar – disse dona Fortunata, irônica. – As malas ficaram no Oriente Médio Hotel.

– Como assim? – espantou-se meu avô.

E, de imediato, concentrou em mim uns olhos que expediam fagulhas furiosas.

– Facundo, seu pateta, você esqueceu nossas malas novamente?

— Be-bem, eu...

Vô Severo dirigiu-se aos capim-grossenses.

— Na outra vez foi pior. Ele esqueceu nossas malas em Buenos Aires.

Em seguida, passando carinhosamente a mão pelo meu rosto, ele disse:

— Bem, já que não precisa esperar pelas malas, Facundo, venha conosco ao restaurante.

— Antes o senhor poderia me responder outra pergunta? — indagou o doutor Mansueto.

— Com o maior prazer!

— Por que suas malas estão cheias de tijolos enrolados em jornais?

Para demonstrar sua contrariedade com a pergunta, vovô enrugou a testa.

— Antes de responder, eu gostaria de saber quem foi que autorizou o senhor, que é advogado, a abrir as minhas malas.

O centenário mão-de-porco engoliu em seco, porque tinha passado, subitamente, da posição de acusador a acusado.

— Eu deveria processar o senhor por violar minha privacidade — continuou vovô. — Mas, mesmo não lhe devendo explicações, me pronunciarei. O senhor já ouviu falar em lastro? Lastro é toda substância pesada (pedras, areia, água, ferro ou tijolos) que se leva em porões de navios ou de aviões a fim de obter o equilíbrio perfeito. Meu avião é muito grande. Como viajamos apenas os pilotos, meu sobrinho e eu, minha aeronave precisa de lastro. Satisfeito com a explicação?

O doutor Mansueto sacudiu a cabeça afirmativamente.

Mas Florêncio, o prefeito, ainda tinha uma dúvida.

— Por que o senhor não pagou o hotel?

Meu avô, mais uma vez voltou-se para mim. Encostou sua testa na minha, agarrou-me pelas orelhas e urrou:

— Facundo, seu grande palerma, você tem alguma explicação para dar a essas pessoas dignas?

Sem saber o que dizer, gemi:

– Esque-queci.

– Irresponsável! – berrou vovô. – Você é um garoto totalmente irresponsável!

Soltou-me as orelhas, virou-se para os capim-grossenses e murmurou:

– Estou tentando fazer dele uma boa pessoa, mas o pobrezinho é meio burrinho.

Vô Severo respirou fundo, como alguém que se livrou de uma confissão dolorosa, e acrescentou:

– Pagarei em dobro ao Ibrahim. Vocês levarão em mãos o dinheiro dele... Mas, agora, chega de conversa fiada! Vamos ao restaurante! Essa viagem deixou-me com uma sede danada e com uma fome canina.

RODAR À NOITE POR AQUELA ESTRADA É MORTE CERTA

Mal nos sentamos no restaurante do Grande Hotel, vovô bateu palmas e gritou para os garçons.

– Bebidas! Tragam uísque escocês, vodca russa, champanha francês e vinho português. É tudo por minha conta!

Depois do tim-tim, meu avô dirigiu-se a seus convidados.

– Digam-me a verdade, queridos: o que os trouxe a Pelotas?

Depois de breve hesitação, durante a qual houve uma troca de olhares dissimulados, o major Sizenando tomou a palavra.

– Viemos fazer negócios, claro!

Vovô esfregou as mãos.

– Vocês vão me dar uma pista desses negócios? Quando ouço falar em negócios, vou logo sacando meu talão de cheques...

– Por falar em cheques, por que o senhor sacou o dinheiro lá em Capim Grosso? – perguntou Florêncio da Figueira Rosa. – Por que não o depositou?

Fuzilando o prefeito com o olhar, vovô mordeu o lábio inferior.

– Se o senhor burgomestre acha que sou um vigarista, poderia ir agora mesmo a uma delegacia prestar queixa. Há sempre um delegado de plantão...

– Calma, doutor Demenciano! – implorou o prefeito. – Acontece que o gerente da nossa agência ficou... magoado.

Meu avô deu-me uma tapona nas costas.

– Facundo, você explicou ao gerente que eu precisava de dinheiro vivo para pagar o conserto do meu avião em Porto Alegre?

– Si-sim.

– Senhores, o mecânico do meu avião não aceita cheque. Beto Maluco guarda dinheiro debaixo do colchão porque acha que os banqueiros são mais perigosos que os ladrões.

– Seu mecânico é um homem muito sensato – comentou o doutor Mansueto.

Vô Severo mais uma vez gritou aos garçons:

– Vamos, rapazes, não permitam que os copos fiquem vazios!

Depois, ainda em voz alta, falou comigo.

– Facundo, vá até a portaria e reserve a suíte principal para nós e apartamentos de luxo para nossos amigos...

– Não se preocupe conosco, doutor Demenciano! – disse o major Sizenando. – Vamos voltar ainda esta noite para Capim Grosso, depois que o senhor nos entregar o dinheiro que deve ao Ibrahim.

– De jeito nenhum! Vocês são meus convidados. Vão pernoitar aqui no Grande Hotel, por minha conta. Meu avião chega de Porto Alegre amanhã às oito horas. Se Capim Grosso tivesse um campo de pouso, eu levaria vocês até lá de carona...

O major Sizenando benzeu-se.

– Deus me livre e guarde! Não embarco em avião nem se me amarrarem as quatro patas. Homem é bicho que não nasceu para voar.

– Ande, garoto! – Meu avô me empurrou. – Faça as reservas! Não permitirei que meus amigos viajem em uma hora tão tardia. Rodar à noite por aquela estrada é morte certa.

Quando voltei da portaria, percebi que todos riam às gargalhadas, descontraídos. O mais à vontade era meu avô.

Todas as dúvidas haviam sido dissipadas e os capim-grossenses faziam cálculos sobre os enormes lucros que teriam na Amazônia com a derrubada de árvores, a venda das terras e a exploração do subsolo.

Garrafas eram abertas uma atrás da outra.

CHORA PARA FAZER BARRO!

Vovô Severo monopolizava a atenção. Como falava o tempo todo, não bebia. E os outros, bebendo o tempo todo, não percebiam que ele não tocava no copo.

Ainda recordo o trecho em que ele falou sobre o potencial econômico da região amazônica.

– Lá, não se sabe o que é mais valioso. Uns dizem que é o próprio solo, a terra que pode ser usada para a plantação de soja. Outros dizem que a maior riqueza é a madeira das árvores gigantescas que serão derrubadas. Mas eu, pessoalmente, creio que o que vale mais por lá é o subsolo, que esconde minerais raros. Tem muito ouro por lá, que vocês poderão explorar dando aos garimpeiros uma percentagem mínima do que eles arrancarem do chão. Há também urânio, que vocês poderão vender para quem quiser fabricar bombas atômicas.

Lá pelas tantas, durante uma gargalhada geral, após uma piada de meu avô, percebi que todos estavam muito alegres. Não costumavam ingerir bebidas tão caras. E, como não iam pagar a conta, estavam bebendo descontroladamente.

O advogado Mansueto foi o primeiro a adormecer. Pela meia-noite, cravou a testa na mesa e rompeu a roncar.

Vovô pediu a conta, que veio salgadíssima, uma pequena fortuna.

O pessoal de Capim Grosso fingiu que queria pagar sua parte, mas meu avô, com gestos firmes, impediu que tocassem nas carteiras.

— Embora tenham desconfiado da minha honestidade, vocês são meus convidados! Não pagam nada!

Depois de assinar a conta, vô Severo abraçou carinhosamente cada um dos seus convidados.

— Que pena que não os conheci antes! — lamentou-se ele. — Teríamos feito negócios ainda mais lucrativos!

Vovô colocou o braço em volta dos meus ombros, como se precisasse de ajuda para manter-se em pé, e disse:

— Abusei da bebida, amigos, mas Facundo me conduzirá em segurança até a cama.

Abraçados, subimos a escada que nos levou ao segundo andar. Mal entramos na suíte, explodi de indignação.

— O dinheiro que temos não paga nem a conta do restaurante! Quanto mais a diária dos apartamentos!

— E quem disse que nós vamos pagar, Candinho?

— Como assim? O que o senhor pretende fazer agora?

Vô Severo me empurrou para uma cama de solteiro.

— Te deita aí e dorme logo! Mas sem tirar a roupa!

Deitei-me vestido e adormeci de imediato. A tensão das incontáveis peripécias daquele dia havia acabado com as minhas energias.

Pouco depois, fui acordado por fortes sacudidelas.

— Te levanta! — sussurrou vovô ao meu ouvido. — Mas já te levanta chorando!

— Chorando?

— Sim. Chora muito, chora com gosto! Chora para fazer barro! Faz de conta que um caminhão atropelou teu gatinho de estimação.

— Mas eu não tenho um gatinho!

— Faz de conta que tem. Berra!

— Não vou conseguir fingir que estou chorando.

Vô Severo levou a mão à cintura.

— Queres a ajuda da minha cinta?

— Não, claro! Mas não consigo chorar sem motivo!

– Então, para te inspirar, pensa em algo triste.

Lembrei então de minha mãe. O que sentiria a pobre mulher se soubesse que eu havia participado de um trambique ao lado de meu avô?

Comecei a chorar, discretamente.

Quando, novamente abraçados, começamos a descer a escada, vovô sussurrou no meu ouvido.

– Quando passarmos pelo porteiro, aumenta o berreiro.

Ao avistar o homem por trás do balcão, passei a me debater loucamente, como um garoto relaxado sendo conduzido ao chuveiro. E aumentei os decibéis do meu pranto.

O porteiro aproximou-se, alarmado.

– Mas que barbaridade! O que aconteceu a essa pobre criatura? Perdeu a chupeta?

– Tem farmácia de plantão aqui por perto? – perguntou vovô. – O coitadinho está morrendo de dor de ouvido.

O porteiro me olhava penalizado.

– Pobre piá! A farmácia fica perto, a duas quadras daqui. Vá até aquela esquina e dobre à esquerda. Logo o senhor verá o luminoso. Não tem erro.

NUNCA ACREDITE NO QUE DIZEM OS JORNAIS

Seguimos até a esquina indicada, dobramos à esquerda e passamos direto pela farmácia. Logo chegamos à ruazinha onde ficara estacionado o carro do meu avô.

Às cinco da madrugada, paramos diante de nossa casa no Laranjal. Tomamos um banho rápido, trocamos de roupa, enchemos uma mala e voltamos à Rodoviária, onde embarcamos em um ônibus que nos levou para Montevidéu.

Um dia depois de nossa partida, o *Correio Popular* publicou a notícia que vem transcrita abaixo:

GOLPE DA AMAZÔNIA
(SEGUIDO PELO GOLPE DO GRANDE HOTEL)

O digno senhor prefeito de Capim Grosso, doutor Florêncio da Figueira Rosa, esteve ontem na nossa Delegacia de Furtos acompanhado de respeitáveis fazendeiros daquela cidade. Ali, o insigne burgomestre registrou queixa contra um estelionatário chamado Demenciano Piancó de Uruburetama.

Identificando-se como empresário no centro do país, o referido vigarista aplicou um golpe amazônico nos probos capim-grossenses.

Tudo começou quando o salafrário chegou àquela pacata cidade para vender fazendas que dizia possuir na Amazônia. De boa-fé, os operosos cidadãos de Capim Grosso, pensando no futuro do país, generosamente aceitaram investir naquela remota região.

Assim, cerca de vinte empresários entregaram ao meliante uma elevada quantia como sinal de início do negócio. Mal receberam o dinheiro, o velhaco e um garoto bleso que fingia ser seu sobrinho fugiram no primeiro ônibus que saiu daquela comarca em direção à nossa cidade. Desconfiados, os honrados cidadãos lesados saíram em perseguição aos criminosos. Encontraram-nos na Rodoviária de nossa urbe.

No entanto, o tratante Demenciano - que tinha forte sotaque carioca e dilatado ventre - conseguiu, com sua lábia criminosa, convencer os magnânimos empresários de que suas dúvidas a respeito do negócio eram infundadas.

Depois os convidou a se instalarem, por conta dele (do cafajeste), no Grande Hotel. Após um abundante jantar, o meliante Demenciano fugiu na calada da noite, em companhia do jovem bandido que o secretariava, deixando os valorosos capim-grossenses a dormir.

Assim, além de terem caído no Golpe da Amazônia, os decentíssimos fazendeiros também foram vítimas no Golpe do Grande Hotel.

No dia em que me entregou esse recorte de jornal, pouco depois de termos regressado da nossa complicada viagem ao Uruguai (assunto que vale outro livro), meu avô comentou:

— Olha só, Candinho! Para os jornalistas, os malandros que queriam comprar por uma ninharia terras valiosas são homens dignos, respeitáveis, insignes, probos, operosos, generosos, honrados, magnânimos, valorosos e decentíssimos. Nós, que apenas ensinamos a eles que não se deve ser ganancioso, somos chamados de estelionatários, vigaristas, salafrários, meliantes, velhacos, criminosos, tratantes, golpistas, cafajestes e bandidos. Por isso, eu lhe digo, meu querido neto: nunca acredite no que dizem os jornais.

MUITO RANHO

Encerro este livro por aqui.

Passaram-se quase sessenta anos e eu não me transformei no poeta que minha mãe nunca desejou que eu fosse. Também não virei o engenheiro eletrônico que nunca pretendi ser. Ainda empilho palavras com gosto, mas em um modesto jornal que a cada dia tem menos leitores.

Durante quatro anos, enquanto cursava o Ginásio Industrial da Escola Técnica de Pelotas, morei com meu avô. Foram os anos mais felizes da minha vida. O velho era um grande companheiro – ranzinza, mas brincalhão –, que me ensinou um milhão de coisas.

Aprendi com ele que, para estudar, é preciso ter um método. Quem estuda com método aprende mais e melhor em menos tempo.

Com ele aprendi o valor da disciplina. Devemos estabelecer uma meta para nossas vidas e lutar com todas as nossas forças para alcançá-la.

Com ele aprendi que a vida é muito estranha e que nunca estamos suficientemente preparados para enfrentar as muitas armadilhas que ela nos reserva.

Com meu avô aprendi a gostar dos esportes e acabei me transformando em um esforçado goleiro de futebol de salão.

Com meu avô aprendi a gostar de ler livros.

Pois bem, vi meu avô pela última vez no mesmo local em que o encontrei pela primeira vez, a Estação Ferroviária de Pelotas.

Naquele dia, recém-formado no ginásio, eu embarcava para passar as férias de verão em Bagé. Voltaria em março para iniciar o curso técnico em Eletrônica.

Percebendo que eu estava comovido com aquela despedida, vovô me pegou pelos ombros, olhou-me no fundo dos olhos e lançou uma de suas frases favoritas.

– Não chora, Candinho. Chorar só faz ranho.

Um mês depois, em Bagé, no meio de uma manhã, bateram à porta. Era um carteiro, que me estendeu um telegrama. Na hora, lembrei daquele meu primeiro dia com meu avô em Pelotas, lembrei da frase dele sobre a rapidez com que viajam as más notícias.

Assinado pelo eletricista que morava ao lado da casa de meu avô, o telegrama anunciava a morte do meu velho.

TELEGRAMA

PERDEMOS O NOSSO MELHOR AMIGO PT JOSÉ BECK PT

Eu estava só em casa. Saí a caminhar sem rumo. E não respeitei o último pedido que vovô me fizera. Naquela manhã ensolarada, fiz muito ranho.

O AUTOR

Este é o único trabalho que comecei a escrever a partir do título, um título brincalhão, zombeteiro. Talvez por isso ele seja tão divertido e movimentado. Aliás, estou certo de que a enorme alegria que senti ao escrevê-lo será repassada agora aos meus jovens leitores.

Este livro tem muitas raízes. Uma delas vem de um alucinado programa econômico governamental que, no começo dos anos 1990, "congelou" toda a poupança dos brasileiros. Vendo-se sem dinheiro, as pessoas tiveram que "se virar". Aí, de uma hora para outra, precisaram "inventar" maneiras de ganhar dinheiro para sobreviver. Outra nasce das minhas lembranças de um belo veraneio que passei com meu avô paterno, só nós dois, em uma casinha de madeira. Não sei por onde andava minha avó.

A terceira vem da minha decisão de inverter uma narrativa bastante comum, que é aquela do avô bem-comportado que tenta passar valores aos seus netos. Neste livro, o arteiro é o velhinho. Quem transmite valores é o garoto.

Por fim, desejo ressaltar que, publicado há mais de trinta anos, este livro já chamava a atenção para a cobiça dos homens sobre a Amazônia.

Boa leitura!

O ILUSTRADOR

Cresci entre lápis, canetas, papéis e fascículos de antigos livros de desenho do meu pai, e foram esses os meus primeiros professores. Na companhia dos rabiscos, tornar-me ilustrador foi quase um caminho natural. Na escola, as caricaturas de colegas e professores foram minha primeira moeda de troca, além de uma forma de socialização.

Além dos estudos em artes visuais, outra grande paixão me levou a estudar violão clássico e composição musical. Fiz trilhas sonoras para curtas-metragens e ganhei prêmios como compositor, mas a vocação para os desenhos falou mais alto, fazendo-me voltar para os borrões e deixar a música como uma amiga que me visita de vez em quando.

Nasci em Campina Grande/PB em 1987. Hoje resido em Belo Horizonte/MG. Em 2011, graduei-me em Arte e Mídia pela Universidade Federal de Campina Grande. Lecionei Desenho à Mão Livre na Fundação Universitária do Nordeste (2014-2015) e Técnicas de Animação da Faculdade Cesrei (2016).

Atualmente, divido-me entre as atividades autônomas de Ilustração e as de sócio e diretor de arte nos projetos do estúdio de jogos Narsvera.

Este livro foi composto com tipografia Adobe Garamond
e impresso em papel Off-Set. 90 g/m² na Formato Artes Gráficas.